IL LIBRO DELLE SOCIETÀ OPERAJE

CARLO ROMUSSI

Texte et illustration de couverture : © domaine public
Edition : Culturea (Hérault, 34)
Contact : infos@culturea.fr
Retrouvez notre catalogue sur http://culturea.fr
Imprimé en Allemagne par Books on Demand
Design typographique : Derek Murphy
Layout : Reedsy (https://reedsy.com/)

Dépôt légal : janvier 2023

ISBN : 9791041845637

IL LIBRO DELLE SOCIETÀ OPERAJE

I.

Affrettiamoci adagio.

In quel tempo in cui gli uomini ragionavano sì poco, che tutte le bestie avevano la parola, anche le cose inanimate chiacchieravano, disputavano, avevano gare e puntigli meschini, proprio come noi. Fu allora che il Sole e il Vento presero un dì a disputare della rispettiva potenza: e l'uno vantava la forza del suo raggio che muove il mondo, l'altro la violenza del suo soffio che abbatte ogni cosa che a lui resiste. E lì per lì fecero una scommessa, come fossero due inglesi alle corse, e fatto capolino fra due nuvole e visto giù in terra, sopra una strada postale, un povero diavolo imbaccucato nel suo mantello, che viaggiava col cavallo di san Francesco: «Ecco, dissero, la nostra vittima! vediamo chi di noi sa levargli il mantello di dosso.»

Cominciò il Vento, gonfio di superbia, a mandargli di traverso un buffo sgarbato come avvisaglia; e il poveretto fu lesto ad abbassare il cappellaccio ed a stringersi ben bene nei panni. Irato il Vento di non essere riuscito alla prima, raddoppiò di vigore: ai buffi succedevano le soffiate, poi i borea e gli aquiloni: e volavano per l'aria turbinosa le tegole, cadevano i comignoli dei tetti, lo piante deboli si piegavano come fuscelli, si scapezzavano le più alte, si sradicavano le forti: era dovunque una distruzione che stringeva il cuore. – E che faceva l'uomo intanto? Quando vide venirgli addosso tutto quel rovinìo, si gettò a terra, avvoltolato nel suo mantello e stette là chiotto chiotto, nè al Vento fu dato di smuoverlo. Quando finalmente l'uragano fu passato, si alzò, scosse la polvere che gli era piovuta addosso, e si rimise in via, contemplando dolente la scena desolata dalla furia del Vento.

«Adesso tocca a me!» disse allora il Sole al rivale che se ne stava mogio ed avvilito. E mandò fuori un blando raggio che consolò il povero viaggiatore, e nelle membra intirizzito gli infuse un dolce tepore. Poi aumentò di forza: ai primi tener dietro altri fasci di luce e di calore, finchè, sgombro il cielo di nubi, il pianeta si mostrò in tutta la sua maestosa pienezza. L'uomo a poco a poco cominciò a sudare, ad ansare sotto la sforza del caldo: il mantello se lo tolse subito giù dalle spalle, poi l'abito, poi il panciotto, e se non fosse stato il pudore, si cavava anche la camicia. E intorno a lui le piante, che s'erano in sè ristrette sotto la furia del vento, svolgevano di nuovo le loro foglie per ricevere i benefici raggi che piovevano dal cielo: la terra riscaldata apriva il suo seno per lasciar uscire i germogli delle sementi, e faceva circolare nelle vene dei vegetali i ricchi umori di cui era feconda.

Il Vento e il Sole sono oggi diventati capi partiti: l'uno e l'altro vedono le ingiustizie e i mali del presente, l'uno e l'altro desiderano di apportarvi un rimedio; ma il primo vuol vincere colla forza, rovesciando tutte le istituzioni che han vita oggidì per riedificare, magari il mondo, di nuovo; l'altro vuol trasformare e vincere senza precipitazione, senza scosse, senza ire, senza rovinare nessuno, ma promuovendo il bene di tutti.

I frettolosi dicono agli altri: «Le vostre Società di Mutuo Soccorso sono palliativi che non concludono a nulla, ed anzi perpetuano il male senza guarirlo, perchè abituano l'operaio a vivere nelle privazioni e nell'avvilimento, persuadendolo a star contento ad un soccorso scarso, insufficiente sempre al bisogno, e che gli viene largito come premio: inoltre le società operaje sono tutte in mano alla borghesia che le sfrutta a proprio vantaggio.»

Ma gli altri rispondono pacatamente: «Le Società di Mutuo Soccorso sono poco e possono essere tutto: esse sono il centro intorno a cui si radunano gli operai migliori, i più laboriosi, i più economi, i più istruiti e intelligenti, vale a dire il fiore della loro classe. I soccorsi che ricevono sono pochi e scarsi; ma sono il frutto dei risparmi di ciascuno, ai quali tutti i soci han diritto perchè sono proprietà e roba loro. Questi sussidi possono essere aumentati coll'aumentar dei fondi, possono essere estesi a tutti i bisogni, come si fa già in qualche società; e quando il costume di poche, cioè l'amministrarsi da loro stesse, sarà diventato norma di tutte, allora saranno sottratte agli ambiziosi ed ai borghesi egoisti.»

La società generale, che costituisce lo Stato, che è mai essa medesima se non una grande Società di Mutuo Soccorso? Se ciascuno comprendesse il proprio dovere e lo adempisse con coscienza, se ciascuno sentisse la fratellanza che lega tutti gli uomini, allora la mutualità dei servigi, degli ajuti, degli affetti dovrebbe essere l'unica legge sociale. Anzi, se questo sogno potesse avverarsi, non vi sarebbero più leggi; al loro posto vi sarebbero i costumi, garanzia ben più stabile e sicura di pace e di benessere, perchè sovente le leggi mutano col mutar dei governi, ma i costumi restano nel popolo in cui si sono radicati.

Invece che cosa vediamo noi oggi?

Da una parte gli appetiti soddisfatti, pasciuti, satollati oltre misura: dall'altra la fame inquieta, insaziata, tormentatrice. Ciascun cittadino forma parte dello Stato: ciascuno porta la sua somma di attività, la sua parte di utile alla vita comune; ciascuno sacrifica una parte della sua libertà e del suo diritto per non ledere la libertà o il diritto degli altri; ma quanto è diversa la parte che ciascuno ritrae da questa società, crudele ancora verso i deboli, amica dei potenti ai quali la fortuna volge il suo sorriso!

Ma pure di fronte a questo fatto, noi dobbiamo metterne un altro non meno certo, ed è il gran cammino che ha fatto l'umanità nella via dell'eguaglianza, i progressi ch'ella ha raggiunto verso quella meta di cui la solidarietà è la formola pratica.

II.

Prima che l'operaio fosse.

È una storia sovente scritta, quella dell'operajo; ma è sempre utile a rifarla, perchè consola e conforta, mostrando il costante miglioramento che si verifica e si aumenta da secoli, e che ci è caparra del finale trionfo.

Solamente col proferire le tre parole nelle quali si riassume questa storia: Schiavo – Servo – Operajo, si palesa questo progresso.

Nel tempo antico domina la schiavitù: e, per usare una espressione de' nostri giorni, domina lo sfruttamento del debole in tutta la sua estensione. È l'abuso della forza: è quello che si chiama, con un barbarismo che dice tutto, il diritto della forza. Due sono i mezzi per ottenere ciò di cui l'uomo abbisogna: produrre o prendere il prodotto altrui, lavorare o rubare. Nell'antichità predominava la spogliazione, la rapina, e le leggi fatte dai forti giustificavano coi sofismi l'impiego della forza. Oggi invece è stata proclamata la superiorità del lavoro sulla rapina.

Nell'India e nell'Egitto gli uomini erano divisi in caste; l'ultima di queste, la più avvilita, era quella degli artigiani, chiamata dei paria, il cui solo contatto era un disonore.

È vero che quei popoli crearono quei titanici monumenti che sono i templi di Elefanta, di Kailasa e di Ellora nell'India; le necropoli e le piramidi nell'Egitto; ma erano i prodigi del lavoro delle formiche, che in dieci o in venti si attaccano a una briciola di pane per trascinarla seco e soccombono sotto il suo peso: sicchè quei monumenti sono, si può dire, la cristallizzazione del sudore e del sangue degli schiavi. Bonaparte in Egitto, per infiammare i suoi soldati alla battaglia, disse quella banale e vuota espressione: «Quaranta secoli vi contemplano dall'alto di queste piramidi!» Ma da quell'altezza, si contemplava ben altro: si contemplava l'Egitto avvilito, perchè la schiavitù immobilizza una folla senza nome nel dolore, e la razza potente nel suo posto, senza speranza per i primi, senza timore per i secondi, senza spinta di emulazione per entrambi; e il paese era condannato a languire e a perire per l'oppressione e il dispotismo. E se l'Egitto e l'India si desteranno dal loro sonno fatale, ciò avverrà per virtù del lavoro libero introdottovi dall'Europa.

In Grecia e in Roma gli uomini erano divisi in liberi e schiavi, in cittadini e in cose. Lo schiavo è un utensile parlante, un instrumentum vocale, una parte del capitale di colui che lo possiede e per il quale non vi ha nè legge, nè morale, nè famiglia, nè religione, nè Dio. Quando udite portare alle stelle il genio della poesia e delle arti, quando udite lodare la sapienza dei filosofi della Grecia, pensate anche che quei poeti così soavi e quei così nobili ragionatori dimostrarono pure che la stessa costituzione fisica dello schiavo l'aveva destinato a lavorare ed a servire.

Aristotile insegnava che vi sono uomini liberi per natura e uomini schiavi per natura. È vero però che Aristotile stesso aggiungeva che la schiavitù sarebbe cessata solo allora che lo strumento di cui si serviva lo schiavo avesse lavorato per lui. Forse il filosofo greco pensava in quel punto di scrivere l'impossibile; ma la macchina ha realizzato il suo detto, e prepara la redenzione dell'operajo moderno.

Gli Spartani, tanto ammirati perfino nella perversa educazione che impartivano ai figli, andavano a caccia di Iloti quando questi schiavi diventavano troppo numerosi; gli Ateniesi, dopo aver raggiunto con Pericle l'apogeo della grandezza e della civiltà; avevano 15 mila cittadini e 200 mila schiavi; in Roma il solo Crasso ne possedeva 20 mila; e Catone, l'austero Catone, consigliava di disfarsi degli schiavi infermi per evitare la noja di mantenerli. In Grecia, Platone, il saggio e l'eloquente discepolo di Socrate, diceva: «La natura non ci ha fatti nè calzolai, nè fabbri: simili occupazioni degradano la gente che le esercitano: vili mercenari, miserabili senza nome che sono esclusi, per cagione del loro stato medesimo, dai diritti politici.» E in Roma Cicerone, che pur predicava la charitas generis humani, scriveva: «Si riguarda come basso e sordido il mestiere dei mercenari, come di tutti quelli di cui si acquista il lavoro, perchè il salario stesso è per essi un contratto di servitù. Nè si stima di più quelli che comperano all'ingrosso per rivendere al minuto; a questo traffico non si guadagna che a forza di menzogne, e nulla vi ha di più vergognoso della malafede. Ciascuna industria è vile e dispregevole: perchè non si può trovar niente di nobile in una bottega o in un'officina» .

Fu un grande delitto l'aver abusato della personalità umana al punto di adoperarla come fosse un capitale morto; ma vi è ancora qualche cosa di altrettanto grave che la schiavitù: ed è di avere disonorato il lavoro.

III.

Le associazioni.

Ma pure, in mezzo a tutto le oppressioni, i poveri, i diseredati, i calpesti trovavano modo di unirsi; i ricchi possono essere egoisti e stare ognuno da sè: i deboli sentono il bisogno di appoggiarsi l'uno all'altro. Le prime associazioni che si formarono furono le mutue. Nei tempi eroici della vita indiana vi erano corporazioni operaje; lo dice il Ràmàjana, celebre poema di Valmici, scritto 2000 anni prima di Cristo. Questo corporazioni avevano i loro vessilli in Ayodhya, capitale del regno degli Icsvacnidi. Noi non vogliamo occuparci delle associazioni del Messico antico o dell'Egitto: limitiamoci a quelle del periodo storico che è a noi, con maggiore sicurezza, noto.

Uno scrittore (Teofrasto), che viveva tre secoli prima della nascita di Cristo, attesta che in Atene ed in altre città della Grecia esistevano società formate da molti individui, ciascuno dei quali contribuiva una quota mensile, che costituiva un fondo comune destinato a sovvenire quelli fra loro che fossero colpiti da impreveduta sciagura.

In Grecia e in Roma queste associazioni si dicevano Collegi: e tanto in un paese quanto nell'altro erano permessi quando non avevano scopi malvagi. Presso i Romani, che forse le ereditarono dagli Etruschi, e che certamente le avevano ai tempi detti di Numa Pompilio, la legge 8.a delle Dodici Tavole disponeva che «Sodales legem quam volent, dum ne quid ex publica lege corrumpat, sibi ferunto.» E cioè: «Abbiansi i sodali la legge che vogliono, purchè non ne sia corrotta la legge pubblica.» Queste associazioni subivano le vicende delle odierne Società operaje: e sebbene i Romani avessero degli operai il concetto vilissimo cui abbiamo accennato, pure li temevano quand'erano uniti insieme; e nel 690 a Roma furono sciolte col pretesto che divenivano armi ai turbatori dell'ordine, poi da Clodio ristabilite coll'aggiunta di nuove, affine di servirsene a' suoi scopi ambiziosi; quindi di nuovo abolite da Cesare, il quale sospettava divenissero centro di congiure contro di lui, usurpatore della repubblica.

Queste corporazioni però non somigliavano alle moderne se non in quanto erano corpi collettivi colla autorità di pubblicare statuti.

Sotto l'impero le vediamo formarsi di nuovo: e qui troviamo gli operai distinti in tre categorie; v'erano gli operai dello Stato, quelli che concorrevano all'alimentazione pubblica, e infine tutte le altre corporazioni d'arti e mestieri che potevano essere relativamente di liberi.

Gli operai della prima categoria lavoravano alle miniere ed alle saline, coniavano le monete, fabbricavano le armi, costruivano gli edifizi pubblici: essi portavano i dispacci, le munizioni e le provvigioni di guerra delle legioni. Fra loro si trovavano molti scrittori e alcuni uomini liberi, che per isfuggire alla miseria, si sottomettevano volontariamente a questa servitù. Ma lo Stato, schiavi o non schiavi, una volta, che si davano a lui, li segnava con un marchio a fuoco sulle mani, e non potevano più sottrarsi alla lor sorte, nè uscire da quella cerchia fatale.

La seconda categoria comprendeva gli operai addetti alle professioni necessarie alla sussistenza del popolo. Questi erano divisi in quattro classi: i fornai, che avevano speciali favori, i beccai, i navicellai che trasportavano il grano, ed i caudicari che tenevano il mezzo fra gli scaricatori e i facchini. I patroni dei fornai e dei beccai erano una specie di esattori che riscuotevano in natura dai produttori i grani e le carni per distribuirle poi come piaceva agli imperatori. Quando Trajano, al quale le associazioni incutevano la più gran paura, pensò di proibirle; lasciò esistere quella dei fornai, alla quale diede maggior forza, affinchè fosse perpetua l'abbondanza del pane.

Gli altri operai erano ascritti alle corporazioni, nè, senza esserlo, potevano esercitare alcun'arte, perchè di ciascuna era dato il privilegio ad una corporazione. Si entrava in essa col mezzo del noviziato; e una volta affigliati, non si poteva più tornare indietro; bisognava rimanere fino alla morte operai di quella data arte, perchè il passaggio da un mestiere all'altro era, se non impossibile, almeno oltremodo difficile. Avevano i loro Dii protettori, le loro feste, i loro patroni scelti fra i ricchi e influenti cittadini, i loro socj onorari e i loro amministratori per rappresentarli davanti ai tribunali.

Il dispotismo degli imperatori, che si insinuava dovunque, volle dettar norme a queste associazioni e opprimerle di tasse; così vennero stabiliti i salari, il massimo e il minimo per ciascun prodotto della vendita, e obbligati a dare una quota sui beneficj delle professioni.

Ma, sebbene si parli di salario, allora non vi potevano essere coalizioni o scioperi d'operai, perchè arbitra della misura del salario era la legge imperiale. Le coalizioni le facevano a quei tempi i commercianti: e – vedi singolarità! – erano punite; proprio affatto al contrario di quanto succede a' dì nostri. Nel Digesto si trovano sancite leggi per coloro i quali facevano società allo scopo di far diventare più cari i generi, ed un'altra dettava pene per coloro che distruggevano o ritiravano dal mercato le mercanzie acquistate o che non volevano venderlo, attendendo annate meno buone. L'imperatore Zenone poi, rincarando le pene, colpiva di nullità tutte le convenzioni fatte fra negozianti per vendere solo ad un dato prezzo le merci: e chi esercitava il monopolio doveva essere bandito e i suoi beni confiscati. Così si faceva in tempi barbari e feroci: oggi che sono prosperi e leggiadri, si punisce l'accordo degli operai per far aumentare il salario, ma si lasciano impunite le coalizioni dei fornai e dei macellai. Ma torniamo al nostro argomento.

Frequentemente sono nominati i Collegi nelle iscrizioni. In Milano si conserva una lapide romana che parla di un Magio Germano e dei collegi dei fabbri e dei Centonari. Su questi ultimi discussero a lungo gli eruditi e pajono fabbricatori di centones od abiti di panno formati con grossi pezzi, e forse comprendevano tutti i tessitori di lana. Quando si aggregavano alla milizia, i Centonari fabbricavano tende militari e coperte destinate a spegnere gli incendj ed a guarentire i soldati dalle frecce nemiche. Infatti scrive Giulio Cesare ne'suoi Commentari: «Poichè i legionari ebbero il tavolato di una torre con mattoni e con fango munito contro il fuoco, vi stesero sopra anche i centoni o coperte di grosso panno per difenderla dalle pietre o dalle lanciate frecce.» In un'altra lapide posta sotto l'atrio di Sant'Ambrogio in Milano, e nella quale si parla di Albucia Marciana, si legano grosse somme al collegio di Dendrofori, che, secondo alcuni, erano i legnajuoli che fornivano il legname per gli edifici e per gli eserciti: secondo altri erano sacerdoti degli Iddii che nelle feste di Bacco, di Silvano e di Cibele giravano per le città, portando sulle spalle alberi divelti dalle radici. Costantino, come si legge nel Codice Teodosiano, ordinò che i dendrofori si ascrivessero alle corporazioni dei Centenari e dei Fabbri.

Presso la porta Vercellina (ora Magenta) e Giovia (Ponte Vetero) in Milano, presso la porta Torrelunga in Brescia e la porta Gallica in Fossombrone, vi erano i Collegia Jumentariorum, cioè di mulattieri, vetturali e carrettieri che si collocavano vicino alle porte della città per offrire i loro servigi ai viaggiatori e per trasportare le merci dei negozianti.

Citeremo inoltre i collegi in Roma dei pistorii o fornai, suarii o pizzicagnoli, pecuarii o beccai, navicularii o barcajuoli, bastagarii o carrettieri, calcis cottores o fornaciai, linteones o tessitori, gynæciarii o appaltatori di filatrici o cucitrici, murileguli o tintori in porpora, vini susceptores o vinai, olei susceptores o oliandoli, aerarii, argentarii, eburarii, ferrarii, marmorarii, plumbarii o lavoratori di rame, argento, avorio, ferro, marmo, piombo; figuli o vasai, tessellarii o ornatori di soffitto e di pavimenti, vitrarii o vetrai, ecc.

A questi collegi si facevano donativi, come risulta anche da una bella iscrizione pubblicata dallo Spon, nella quale Salvia Marcellina, ricca matrona, nell'anno 154 dopo Cristo, per onorare la memoria di suo marito Marco Ulpio Capitone e di Flavio Apollonio procuratore d'Augusto, dona al Collegio d'Esculapio e d'Igea un luogo per erigere una cappella sulla Via Appia e molto denaro per fare certe feste e commemorazioni. I regalati pieni di gratitudine la chiamarono madre del collegio.

Però questi collegi portavano in sè il germe della impotenza e della rovina, perchè erano alle dipendenze delle classi privilegiate.

Queste corporazioni o Collegi, al modo stesso che si erano diffuse in tanta parte del mondo colla potenza romana, si sciolsero col cadere dell'impero; ma esse presentarono però un complesso di organizzazione che servì più tardi al costituirsi ed allo svilupparsi delle associazioni del medio evo, genitrici alla lor volta delle moderne.

IV.

La schiavitù e il Cristianesimo.

Fra le società antiche è forza confessare che se ne trova una in cui la legge obbliga a trattare men duramente lo schiavo; è la società da molti ritenuta ordinariamente come la più avida e la più crudele, la società ebrea. Nella famiglia ebrea si avevano certi riguardi, direm quasi certi rispetti, verso lo schiavo; e quanto al lavoro mercenario, questo non era degradato come altrove, tantochè si legge nella Bibbia il seguente precetto: «Che il salario del tuo operajo non rimanga la notte nella tua dimora! Non far torto all'operaio che spende la sua vita per te: quello che versa il sangue e quello che fa torto all'operajo sono fratelli.» Si sentiva già spirare in tali Precetti l'aura amorevole del Cristo che doveva nascere a questa schiatta e sublimare il concetto del lavoro che si aveva già in istima .

L'abolizione della schiavitù e l'esaltazione del lavoro procedono unite nell'Evangelo. Gesù nasce operaio, vive fra essi, si circonda degli uomini abituati alla più dura fatica e si fa maestro a le genti, senza distinzione di nazionalità e di confine. «Oramai, dice, non vi sono più nè Giudei, nè Gentili, nè Barbari, nè Romani, nè Sciti, nè liberi, nè schiavi; omai voi siete tutti fratelli.» E a queste parole ne tengono dietro altre: «Chi non lavora non è degno di mangiare» colle quali abbatteva l'ozio dei patrizi, che Cicerone ammantava d'una filosofica poltroneria.

Sovente noi udiamo paragonare Cristo a Socrate od a Confucio, ma è immensa la distanza che passa fra di loro e l'influenza che ebbero, perchè il riformatore ebreo non ha predicato una dottrina filosofica, nè ha insegnato solo un codice di morale, ma ha tolto la chiave di volta di tutto l'edificio dell'antichità che posava sulla schiavitù, e quella società è crollata.

Ma la trasformazione non fu subitanea: e le istituzioni non poterono essere radicalmente mutate d'un tratto.

Noi vediamo, nel IV secolo, san Crisostomo che rimproverava le matrone d'Antiochia perchè andavano attorno circondate da numerosi schiavi. E dal canto suo sant'Efraimo morendo lasciò alla figlia del governatore d'Edessa che lo assisteva, la raccomandazione di non farsi più portare in lettiga dagli schiavi, perchè, diceva, il collo dell'uomo non deve portare altro giogo che quello di Cristo.

Un altro istituto veniva intanto formandosi a danno dei deboli: il feudalismo.

La schiavitù fu sostituita dalla servitù della gleba: ed esistono documenti coi quali si vendevano le terre insieme agli uomini che le coltivavano, come fossero piante attaccate al suolo: e nel 1131 Geofrido di Rao, conto di Loritello confermò agli eremiti di Santo Stefano del Bosco alcuni fondi donati loro da Berta sua madre, con tre villani: il re Ruggiero confermava a Celso, vescovo di Squillace, la donazione fattagli dal re Ruggiero I di terre e i 146 villani annessi, dei quali alcuni erano presbiteri!

Nelle città però si formavano i gruppi di operai cui il lavoro procacciava la coscienza del valore di sè stessi e quindi l'indipendenza: e raccozzandosi insieme, formarono le prime società per ajutarsi reciprocamente. A costituirsi in siffatta guisa era loro di ajuto il ricordo dei collegi romani, tantochè non si ebbero mai società di lavoratori insieme mescolati, ma bensì corporazioni di operaj che professavano la medesima arte. Furono gli operai che formarono la forza dei Comuni e la gloria loro ; e quando l'arcivescovo Ariberto d'Intimiano, per resistere al partito dei nobili, o degli oppressori, armò il popolo di Milano e lo raccolse intorno al Carroccio, fondò, senza saperlo, la potenza delle operose repubblichette del medio evo, ed iniziò la rivendicazione dei diritti popolari che non è ancor oggi compiuta.

Questi popolani che formavano le corporazioni delle arti, e innalzavano la dignità del lavoro a tal punto che in Firenze nessun cittadino poteva coprire un ufficio nella repubblica se non era ascritto ad una corporazione d'arti (Dante Alighieri dovette farsi ammettere dagli speziali), crearono la vera età nuova, della quale, dopo lunghi strazi, cominciamo a godere i diritti.

Nè dobbiamo dimenticare che le crociate conducendo in lontane terre i feudatari, lasciavano liberi gli operai di intendersi e unirsi in numerose associazioni, nel mentre che ponevano i proprietari del suolo alla mercè degli spregiati commercianti per il bisogno che avevano di danaro nelle loro più o meno eroiche spedizioni.

Questi crociati stessi si fecero fondatori di Società operaje in Costantinopoli: e vennero stabilite sopratutto dai Veneziani e dai Genovesi con ispirito religioso e caritatevole. In esse trovansi gli associati esercitanti una stessa professione legati da doveri comuni, e ve ne è ancora oggi alcuna che nelle grandi feste del Baican, della Pasqua e di Pentecoste danno ai membri poveri alcuni doni presi sul fondo comune, e che loro permette di prender parte alla pubblica allegria.

Il turco non ha distrutto coteste associazioni; e lo Standard di Londra riferiva testè che tuttora esistono nella capitale della Turchia 300 Società di operai.

La divisione di coteste associazioni merita qualche attenzione, poichè una regola severa mantiene gli operai in limiti strettissimi. A cagion d'esempio, i papusgj o mercanti di pantofole, formano una categoria a parte dai yemengi, o venditori di calzature europee. I semergj, che fabbricano i basti e le selle comuni, sono distinti dai fabbricanti delle selle ricamate in oro. Vi sono tre corporazioni dei fabbricanti delle pipe, imamgj; dei tubi delle pipe, sulegj; e dei tubi per narghileh, maropusgj. I mercanti d'olio d'olivo hanno corporazione distinta da quelli di olio di sesamo, e così molte altre professioni hanno la loro corporazione.

Ogni corporazione ha tre ordini: gli apprendisti, gli operaj ed i padroni, e ciascuna è governata da un consiglio scelto fra i padroni, e paga al governo una tassa per ottener protezione. Il cassiere è sempre un musulmano, ma le altre cariche possono essere occupate da membri di altre religioni, come i cristiani e gli ebrei.

V.

Le Corporazioni.

La più antica forse delle associazioni operaje dopo i Collegi romani (se pure non è una continuazione di loro), è quella dei Magistri Comacini, che erano ad un tempo muratori ed architetti, detti Comacini dalla diocesi di Como dove trassero origine, e la quale comprendeva i distretti di Mendrisio, Lugano, Bellinzona e Magadino, e dove eransi conservate molte leggi e consuetudini romane. I re longobardi diedero loro norme speciali, come fece Rotari; e i papi li proteggevano con privilegi sanciti in bolle. Pare che formassero un'associazione sì vasta e poderosa da comprendere quanti attendevano all'arte costruttrice in Italia, in Inghilterra, nelle Fiandre e nella Normandia. Il papa aveva loro dato il diritto di dipendere solamente da Roma, qualunque fosse il paese dove si trovassero, e avea inoltre vietato ad ognuno, sotto pena di scomunica, di molestarli o far loro concorrenza. Allora, per godere di tanti privilegi, molti stranieri si inscrissero nella corporazione, che volentieri li accoglieva per estendere e radicare sempre meglio la propria potenza. I Magistri Comacini fissavano le mercedi, si governavano da loro stessi, e l'un l'altro si chiamavano col nome di fratelli: e vi sono parecchi scrittori che vogliono trovare in questo istituto l'origine della Massoneria.

Fin da quando Barbarossa nel 1162 distrusse la città di Milano, in questa si trovavano alcune vie occupate tutte quante dagli addetti ad una stessa arte; e questa vicinanza abbastanza dimostra come fossero uniti dai legami del comune lavoro. Quando poi nel 1167, si riedificò la città, i lavoranti delle varie arti impresero a sgombrare le rispettive vie e a rialzare le case riannodando le antecedenti corporazioni.

In Germania la maggior parte delle corporazioni si instituì nel secolo XII: fra le più antiche si annoverano quelle dei sarti e dei merciai d'Amburgo (1152), dei mercanti di panni a Magdeburgo (1153), dei calzolai di quella stessa città (1157). Nei secoli XIV e XV esse acquistarono un'importanza politica, e divennero oltremodo potenti. I maestri avevano il diritto di tenere un certo numero di operai, e la fabbricazione eseguivasi dietro principi fissi, i quali diventarono una vana e dannosa pratica col progresso delle arti mercè i nuovi trovati della scienza. Era limitato il numero di coloro che lavoravano per proprio conto, e così pure il numero dei maestri in ciascun luogo, il che rendeva difficile l'acquisto dei diritti di maestranza. Quanto agli operai, questi dovevano fare un noviziato e dare un saggio di abilità facendo il così detto capolavoro prima d'essere dichiarati maestri. In seguito si potè comperare per danaro l'esenzione dal capolavoro.

Nelle corporazioni dell'Inghilterra si notava uno spirito più democratico. La facoltà di esercitare un mestiere indipendente si poteva ottenere o comprandola o passando alcun tempo a fare il prescritto noviziato. I tessitori erano già radunati in corporazione fin dal regno di Enrico I (1100-1135).

In Parigi una delle più antiche società di lavoratori fu quella dei fabbricanti di ceri e di candele che risale al 1061: i portatori d'acqua che forse derivavano dai nautes della vecchia Lutezia, si raccolsero in sodalizio nel 1121: i beccai nel 1134: i calzolai nel 1135.

Ma proprio in questo tempo era ben sventurata la condizione dei contadini. Udite il lor pianto amaro conservato nelle scritture del secolo XII, che registrò ben cinquantuna carestie:

«I signori non ci fanno che del male: noi non possiamo ottenere da loro nè ragione, nè giustizia: essi hanno tutto, prendono tutto, mangiano tutto, e ci fan vivere nella miseria e nel dolore. Ciascun giorno è per noi giorno di pene; noi non abbiamo un'ora di pace, tanti sono i servizi, le prestazioni, gli obblighi, le taglie.... Perchè mai ci lasceremo trattar così? Mettiamoci fuori del loro potere; noi siamo uomini come loro, noi abbiamo la medesima mente, la medesima statura, la medesima forza per soffrire, e noi siamo cento contro uno.... Difendiamoci contro i cavalieri, mettiamoci tutti insieme; e nessun uomo avrà signoria sopra di noi, e potremo tagliar gli alberi, prendere la selvaggina nelle foreste, pescare i pesci nel fiume e faremo la nostra volontà nel bosco, nella casa e sopra l'acque.»

E talora i contadini si unirono: e vi furono le rivolte e le tremende vendette che la storia segna col nome di Jacquerie e la cui repressione costò fiumi di sangue.

Ma torniamo alle città.

Le corporazioni o maestranze o università d'arti e mestieri avevano ciascuna il proprio capo, detto console o abate, o sindaco, il proprio santo protettore e il proprio vessillo. Con statuti e privilegi custoditi gelosamente determinavano i rapporti che nascevano fra le varie maestranze, bandivano le fiere e le regolavano; vegliavano a conservare ed accrescere la fama dello proprie industrie, e rendevano altresì una officiosa giustizia, risparmiando così le spese del foro civile.

Per entrare in queste corporazioni era necessario fare un noviziato.

La corporazione testimoniava la bontà della merce ed esercitava di continuo la vigilanza sui lavori.

Queste corporazioni assumevano nomi diversi secondo i luoghi. In Milano venivano detti Paratici, e fino al secolo scorso con questo nome si chiamarono le varie arti o i corpi degli artefici; e derivavano il nome dall'usanza dei mercanti che andavano alle fiere di far parata delle loro merci. I trattati di pace, coi quali i Comuni terminavano le guerricciuole che sì spesso si rinnovavano fra loro, contenevano sempre qualche capitolo a favore delle corporazioni delle arti e mestieri. Così nella Concordia stabilita fra Mantovani e Ferraresi nel 9 luglio 1208, fra gli altri patti si legge che i Mantovani dovessero assegnare ai pellicciai ferraresi botteghe sufficienti dirimpetto ai loro pelliciai in due fiere, e che ai drappieri si dovesse permettere di vendere i loro panni di colore nel luogo detto Fiera Lombardorum.

In Venezia fra le più antiche corporazioni si nota quella dei Casseleri o fabbricatori di casse che ajutarono a ritôr di mano dei pirati le spose veneziane rapite fra il 932 e il 944. Nella Serenissima, del pari che a Firenze, era vergogna pei popolani il non essere iscritti ad un'arte, e quelli che non lo erano, si ritenevano come feccia di plebe. Le arti erano ben 142, e gli Statuti si dicevano mariegole, che, secondo alcuni, significano matricole, secondo altri, madre-regola. I fanciulli non potevano prima dei 12 anni inscriversi come garzoni; dopo cinque o sette anni, secondo le varie arti, diventavano lavoranti; quindi, dopo aver subìto e vinta una prova erano ammessi capimistri. Taluni di queste società veneziane suddividevansi in colonnelli; tali erano i fabbri e i falegnami. Questi colonnelli o classi dovevano esercitare una specialità dell'arte, nè potevano usurpare il lavoro di un altro.

In Firenze vi erano sette arti maggiori e quattordici minori: le prime consistevano nei giudici e notari; mercanti, cambisti, setajuoli, lanajuoli, medici e speziali, e pellicciai; le seconde nei beccai, calzolai, fabbri, cuojai, muratori e scalpellini, vinattieri, oliandoli e pizzicagnoli, fornai, linajuoli, chiavajuoli, corazzai e spadai, coreggiai, legnajuoli, albergatori.

In Roma le corporazioni si dicevano Università d'arti e mestieri: in Piemonte furono irreggimentate dal governo ed ebbero liti frequenti; e rimasero legate da prescrizioni assurde anche quando in Lombardia e in Toscana s'erano già emancipate.

Accanto alle corporazioni sorsero le confraternite con uno scopo specialmente religioso, ma cui si unisce il mutuo soccorso: gli ascritti si assistono nelle malattie, talora si soccorrono di medicine e di cibi; e si seppelliscono i defunti con speciali onoranze.

Ma la corporazione era un vero legame. Un artigiano non aveva licenza di scegliere il luogo della sua officina; aveva certe stagioni stabilite durante le quali soltanto aveva facoltà di lavorare; le invenzioni gli erano proibite; era soggetto a frequenti visite di ispettori, di verificatori, che se non trovavano le cose a modo loro, spezzavano telai ed istrumenti di lavoro, multavano e rovinavano l'infelice operajo.

Ecco alcuni esempi di queste restrizioni mostruose:

Nel 1070 si fece in Francia un Regolamento che prescriveva di sequestrare ed inchiodare alla gogna, coi nomi degli autori, le mercanzie non conformi alle regole prescritte; alla seconda recidiva i fabbricatori medesimi dovevano essere attaccati alla gogna. Non si trattava di consultare i gusti del consumatore, ma di lavorare a capriccio di leggi arbitrarie. Esiste un decreto del 30 marzo 1700, che limita a diciotto città il numero dei luoghi dove si potessero far calzette al telajo; un'ordinanza del 18 giugno 1723 ingiunge ai fabbricanti di Rouen di sospendere il loro lavoro dal 1 luglio al 15 settembre, affine di facilitare i lavori del raccolto. Luigi XIV, quando volle imprendere il colonnato del Louvre, proibì ai privati di impiegare operai senza sua licenza, sotto pena la prima volta della prigione, e la seconda della galera!... Si crede sognare!

Giorgio I impose non meno ridicole restrizioni sui prodotti manifatturieri di Scozia. Vi ha un atto dell'anno 13° del suo regno che contiene quaranta articoli, i quali determinano non pure la grossezza del filo da impiegare, ma anche la lunghezza, la larghezza e la forma della tela da fabbricarsi. Così, ad esempio, la biancheria da tavola deve essere quadra e contenere un dato numero di filati: è difficile imaginare come un regolamento così assurdo abbia potuto far parte di una legislazione.

Le corporazioni in Francia aumentarono sotto il ministero di Colbert: dopo il 1763 si crearono nelle corporazioni più di 40,000 uffizj che si vendettero; ma il danaro ritratto non compensò il male recato alla Francia dal cattivo sistema. Nel febbrajo 1776 si abolirono tutte le corporazioni ; ma vi furono tanti reclami, che si dovettero ristabilire nell'anno stesso sei corpi di mercanti e 44 comunità. Intanto 21 professioni che facevano parte delle corporazioni soppresse, poterono essere liberamente esercitate. La rivoluzione del 1789 distrusse, cogli altri, anche questo monopolio, pel quale si proibiva ai ciabattini di fare una parte delle scarpe riserbata ai calzolai, agli armajuoli di fare i chiodi, ai coltellinai di fare i manichi, ai tessitori di adoperare piuttosto l'una che l'altra materia per tessere, al cappellajo che lavorava il feltro di dargli la forma, al parrucchiere di far la barba, al barbiere di pettinare, perchè ciascuna corporazione, più che del progresso generale, si curava di non lasciar invadere il proprio campo dalle altre.

VI.

Le corporazioni erano le società costituite per l'arte nel suo complesso, e comprendevano padrone e lavorante; ma v'erano tante angherie per il povero operajo che voleva diventar maestro, da stancarne sovente la pazienza. In Francia si erano costituite associazioni composte esclusivamente di operai, che si dicevano compagnoni, ed avevano formole misteriose di riconoscimento e riti speciali che li avvicinavano ai Franchi Muratori. Questi Compagnoni facevano il giro del paese esercitando l'arte loro e facendosi ricevere lavoranti dove andavano, sempre mercè la protezione delle società loro.

L'origine dei Compagnoni si vuol cercare nelle leggende di Salomone e del tempio di Gerusalemme: epperò si dividevano, a quanto pare, in figli di Salomone, figli di maestro Giacomo e figli di maestro Soubise. Giacomo e Soubise sono due personaggi affatto imaginari che s'intrecciavano nella leggenda medievale ebreo-galla. Ma i titoli che si davano mostravano la loro ribellione permanente all'ordine costituito e il desiderio di libertà. Si dicevano ora lupi, ora compagnoni del dovere della libertà, ora Gavots, ora Ribelli, ora Indipendenti, ora Volpi della libertà. Gli operai inscritti giravano la Francia e la Germania (la Compagnia esisteva anche in Germania), dovunque ben accolti, mantenuti, protetti, allogati dagli altri membri dell'associazione: e per entrare in questa, bisognava essere presentato da un socio, fare un alunnato, preparare un lavoro, giurare obbedienza agli statuti sociali e segretezza. Quando un operaio voleva fare il suo giro, uno dei soci andava dal padrone di lui a ritirare il benservito. Quando questo era in regola, si accompagnava, chi stava per partire, con grandi feste che si risolvevano per lo più in copiose libazioni.

Sul viaggio di Francia o di Germania rimangono molte istruzioni che sono importanti per la bonomia che spirano e per il sentimento di fratellanza che aleggia in tutti i consigli. Sono per lo più in forma di dialogo e insegnano ai giovani il modo di riescire più graditi per la gentilezza dell'animo e per la schiettezza dei costumi, quando dovevano lasciare la loro casa per intraprendere il viaggio alla ventura. Amare la virtù, rispettare il diritto, ricordarsi che «l'uomo il più giusto è il più grande,» tali erano i principj dei Compagnoni. La loro associazione si diceva anche dovere.

Ma i padroni non vedevano punto di buon occhio quei Doveri: e per mezzo del clero e del Parlamento li facevano or rimproverare, or denunciare all'odio pubblico, ora benanco proibire. E infatti ad essi punto non garbava di vedere l'operajo unirsi e trovare in quell'unione la forza di rendersi indipendente da loro. Una deliberazione del clero parigino del 1655 dice: «Questo preteso dovere contiene tre prescrizioni: onorare Dio, custodire la proprietà del maestro e soccorrere i Compagnoni. Ma, per converso, questi Compagnoni disonorano sommamente Dio, profanano i misteri di nostra religione; rovinano i maestri privando il loro opificio di artefici, quando alcuno chi questi, iscritto nella cabala, dice d'essere stato oltraggiato. Le empietà e i sacrilegi che commettono son varj secondo i differenti mestieri; hanno però di comune primieramente di far giurare colui che deve essere ricevuto sopra i santi evangeli, che egli non svelerà nè a padre, nè a madre, nè a moglie, nè a figlio, nè a secolare, nè a chierico, e neppure in confessione ciò ch'egli sta per fare; e a tale effetto scelgono un'osteria, ch'essi appellano la madre, perchè colà di consueto si riuniscono, come presso la loro comune madre, e colà scelgono due vicine e comode stanze, nell'una delle quali compiono le loro abbominazioni, e nell'altra tengono i loro festini».

Nel 1645 il clero denunciò per pratiche eretiche i sarti e i calzolai di Parigi; il Parlamento proibì i Compagnoni nel 1723 e rinnovò il decreto nel 1778, imponendo ai tavernieri di non ricevere i Compagnoni e di non favorire le pratiche di un preteso dovere.

In Italia la Compagnia si formò solo pei cappellai, che sono costituiti in società segreta e internazionale da innumerevole tempo; e alcune nuove associazioni, tolti i velami inutili del mistero, sorgono ora coi medesimi scopi di protesta.

VII.

Gli aneliti della schiavitù.

Pare strano a dirsi: la rivoluzione francese spazzò anche gli ultimi avanzi della schiavitù ch'era fin'allora durata.

Pur troppo la dura schiavitù aveva assunto una nuova forma. Gli schiavi erano uomini e donne presi in guerra, o comprati o rubati, con questa sola diversità che, presso gli antichi, Platone legittimava la schiavitù in nome della politica, Aristotile in nome della storia naturale, Senofonte in nome dell'economia sociale, e nel medio-evo le sottili distinzioni scolastiche e la superstizione religiosa facevano diventar lecito verso i popoli d'altra fede quello che illecito e turpe giudicavasi verso il proprio. Epperò gli schiavi erano turchi in Roma e cristiani in Costantinopoli. È vero che in Roma gli schiavi potevano farsi liberi mercè l'abjura. Il Cibrario reca molti fatti che attestano come la schiavitù durasse a lungo in Italia: e nell'archivio dei notai di Genova furono trovati più di 160 atti di vendita di schiavi dal 1192 al 1320. In Genova erano molto cercate le schiave perchè rendevano molti servizi, «quando il padrone era di tempra amorosa»; ma in Venezia si proteggevano alquanto, perciò nel 1306 fu condannato un cittadino a perdere una schiava che aveva dato a nolo contro il buon costume, e nel 1369 un altro subì la stessa pena per aver abusato di una schiava giovinetta. In ambi i casi le sventurate furono dichiarate libere .

Una pergamena del 1434 reca un contratto stipulato in Recanati fra due milanesi: il nobile Giacomo de' Bigli vende al nobile Giovanni da Castelletto una giovane tartara, di nome Marta, d'anni 19 «da tenere, disporne e farne tutto quanto piacerà per 58 ducati d'oro.» Era questo un prezzo ordinario, perchè a Genova ed a Venezia nei secoli XIII, XIV e XV si attribuiva agli schiavi un valore che variava fra il minimum di 109.08 delle nostre lire e il maximum di 2093.38. È vero però che i prezzi rincararono assai nel secolo XV.

Nè si dica che gli schiavi i quali vivevano in Italia, erano prigionieri di guerra: essi erano schiavi di proprietà privata; e nel 1632 il vicerè di Napoli, conte di Monterey, ordinò una requisizione di schiavi esistenti nella città per servizio del palazzo; e che se ne facesse una vera tratta, lo dimostra il dispaccio 7 marzo 1592 del presidente veneto Gerardo, che così si esprime:

«È venuto qui Antonio da Trieste, ha condotto fino a Bologna 65 turchi, 50 fra uomini et puti, et 15 donne; tratta di vendergli al signor Granduca, il quale gli vuol dare sotto sopra 40 scudi. Intendo che costui vive di questo traffico di vendere questi schiavi per nome Uscochi, et altre volte è stato in Toscana per simili affari.»

Del resto papa Clemente V nel 1309 lanciando un interdetto contro Venezia per l'occupazione di Ferrara dava facoltà ai principi che l'ajutavano di trarre schiavi i Veneziani. E papa Paolo III nell'8 novembre 1548 dava facoltà ai Romani di tenere schiavi; e fu pubblicato due mesi dopo il bando che ne diè annunzio alla città, e che si conserva stampato in un quarto di foglio nella preziosa collezione dei bandi, leggi, ecc., del governo pontificio, posseduta dalla Casanatense .

Eccone il testo:

Bando sopra al tener de li schiavi et schiave in Roma

«Havendo la Santità di N. S. signor (sic) Paulo per la divina providenza Papa terzo per sua benignità et clementia per publico utile et bene de tutte et singule persone habitante et esistente in quest'alma città di Roma concesso che si possano tenere schiavi et schiave che si compraranno per lo ad venire, come per un Motuproprio diretto alli Magnifici signori Conservatori et Popolo Romano per Sua Santità fatto appare.

«Per tanto per parte et commissione de prefatti Signor Conservatori se ne notifica et fassi intendere à tutte et singule persone in ditta Città habitante et esistente, qualmente quelli che haveranno comprato o compraranno schiavi et schiave dopo la data del ditto Motuproprio dato sotto il dì ottavo di Novembre del XLVIII (1548) prossimo passato et sia lecito tenere ditti schiavi et schiave senza essere impediti da persona alcuna, non ostante qualunque concessione fossi fatta o da farsi, alla quale espressamente per il ditto Motuproprio se derogano et per il presente bandimento se intendano derogate et annullate.

– Dato in Palatio praefatorum Dominorum Conservatorum

– Die XII January XDXLIX

Lucas Mutianus

De mandato

C. Conservat scriptor

Si dirà perciò inesatto quanto scrivemmo prima che Cristo abolì la schiavitù? No certo: e, come dice il professor Scolari, bisogna distinguere la dottrina cristiana, la quale essendo liberale non poteva soffrire la schiavitù, dalla Chiesa romana, che, composta d'uomini d'ogni indole, rappresenta e subisce le passioni malvage di questi.

VIII

Le Società di mutuo soccorso.

Incipit vita nova, scriveva Dante per dinotare ch'era uscito dalla vita scombujata delle passioni, ed entrava nel periodo sereno della pura ragione. Così noi pure colla rivoluzione francese, che dettò nuove norme al lavoro, cominciamo la nuova vita, nella quale il diritto è sostituito alla violenza, e risplende il sole dell'associazione che feconda la giustizia e la libertà.

Le vere società di mutuo soccorso che pensano a soccorrere i socj moralmente e materialmente, sono figlie delle antiche corporazioni, ma appajono rinnovate mercè un ben inteso spirito di amore fraterno. Intorno ad esse si sono raggruppate istituzioni molteplici: sono scuole, sono circoli, sono prestiti d'onore, sono cooperative, basate tutte sul fondamento del mutuo soccorso. In Italia, se ne togliamo pochissime, quali sono la Pia Unione Tipografica di Torino, quella di Milano, la Società dei lavoranti cappellai (la quale spedisce i socj disoccupati perfino all'estero, assistendoli, al pari dei Magistri Comacini d'un tempo, con raccomandazioni e soccorsi in tutte le città) e pochissimi altri sodalizi, il mutuo soccorso si svolse e trionfò, dopo il 1848 in Piemonte, dopo il 1859 nel resto della penisola.

Il quotidiano lavoro assomiglia l'operajo al soldato che combatte una guerra senza posa: e il premio della vittoria, è, per l'operajo, ottenere l'indipendenza e il pane assicurato per la famiglia che onoratamente mantiene col frutto de' suoi sudori. Ma nella battaglia d'ogni giorno si vedono pur troppo sovente cadere i compagni al fianco: sono i colpiti dal nemico rappresentato dalla livida malattia: e la necessità di lavorare sempre ed indefessamente, impedisce loro di fermarsi ad ajutare il caduto. Vedono il dolore del fratello di lotta, sentono i lai della famiglia cui manca il pane; e le lagrime dei fanciulli abbandonati che han fame, mentre il padre loro giace infermo in un letticciuolo dell'ospedale, piombano crudelmente ad una ad una sul loro cuore, perchè pensano che sarebbe dei propri figli, se la domane cadessero essi pure ammalati.

Quante volte un operajo si recò fra gli amici, e con voce commossa narrò la sciagura che incolse ad un compagno di lavoro, e gli altri unirono le poche monete che avevano in tasca per alleviarla! Ma quel soccorso era un momentaneo sollievo, e non si poteva ripetere se la malattia durava. Quante altre volte (più frequenti ancora) l'operajo cade ammalato, e soffre e tace, perchè l'amor proprio gli fa nascondere il suo bisogno all'occhio dei fratelli d'arte! E intanto, dato fondo ai pochi risparmi, raggranellati a forza di astinenze e privazioni, si comincia coll'impegnare le masserizie superflue, le vesti che non sono di stretta necessità e finalmente a vendere ogni cosa, perchè la malattia dura, e la fame bussa alla porta e non può aspettare.

Ed un giorno gli operai dicono:

«Perchè dovremo soffrire tutti i rischi ed i dolori della nostra precaria condizione senza saperci mettere un argine? Uniamoci, noi tutti quanti siamo ascritti ad un medesimo mestiere, per combattere il nemico comune; già stretti dalla fratellanza del lavoro, ci unisca ancor meglio la solidarietà. Quello che non possiamo fare divisi, lo faremo concordi impiegando le forze di tutti; stringendo le nostre file, non uno cadrà senza ajuto; non uno proverà lo squallore della avvilente miseria senza speranza. In una società di mutuo soccorso, l'ajuto sarà continuato e intelligente, e fatti più sicuri del domani, potremo più lietamente compiere il lavoro dell'oggi. E questa interna contentezza sarà resa maggiore dal pensiero dignitoso di dovere tale nostra tranquillità a noi soli, mercè l'applicazione della santa, redentrice massima del «Tutti per uno, uno per tutti.»

Qualcuno, di maggiore iniziativa degli altri, dà la spinta; i compagni si uniscono e incaricano quelli fra essi che reputano più capaci, di preparare uno statuto. Molte società vennero fondate nel seguente modo. Alcuni amici invitarono i compagni, col mezzo della stampa, ad una seduta; i primi venuti, talora ben pochi, diventarono i promotori, e prepararono lo statuto; mentre questo si discuteva, il numero degli aderenti cresceva sempre e in breve tempo si contava un sodalizio di più.

Ma qui si presenta una prima osservazione. Convengono meglio le società divise per arti o quelle che abbracciano tutte le arti insieme?

Per le società operaje non si può procedere con un sistema fisso. Anzi, profittiamo dell'occasione per dichiarare che non intendiamo di dare alcuna regola assoluta o scientifica, ma solamente di presentare alcuni consigli amorevoli, fondati sopra un po' di pratica.

Non dobbiamo dimenticare un fatto: che cioè le Società sono un rimedio ai mali presenti, in cui il salario dell'operajo in generale è sì meschino e sì precario, che non gli basta per fare dei risparmi serj, e non gli dà veruna certezza per l'avvenire. È una condizione che va man mano migliorando: e crediamo lo andrà sempre più quando i principali al solo salario fisso sostituiranno un salario ed una quota di partecipazione negli utili. Con questo mezzo si introdurrà senza pericoli il sistema cooperativo, e la proprietà individuale si cambierà nella collettiva.

Sarebbe desiderabile che tutti quanti lavorano, potessero formare una sola grandissima famiglia, nella quale il bene e il male dell'uno fossero bene di cui tutti godessero, male cui tutti cercassero di alleviare; e nella società il numero costituisce la forza materiale e la morale. Ma talora la disparità di lavori è causa anche di disparità di profitti; e quando non è possibile la fusione degli animi, è inutile l'unione dei nomi. Invece di essere causa di forza, lo sarebbe di inanizione.

L'esperienza ha dimostrato che le Società generali d'arti e mestieri convengono per i piccoli centri, dove è scarso il numero dei lavoratori di ciascun'arte; ma nelle grandi città è preferibile che gli operai si raggruppino secondo le rispettive professioni, perchè in tal modo più facilmente si annoda la bella concordia. Le Società, oltre allo scopo del mutuo soccorso materiale, devono avere anche quello del mutuo soccorso morale; e per quest'ultimo noi intendiamo l'istruzione, sopratutto professionale, e la ricerca di quei mezzi che valgano a migliorare la loro condizione. È evidente che non si può insegnare la medesima teorica del lavoro ai fabbri ed ai tessitori, agli orefici ed ai legnajuoli; e così pure le diverse condizioni del lavoro fanno sì che gli uni debbano studiare mezzi di migliorare l'arte loro e la propria condizione, che sono affatto diversi da quelli che convengono agli altri.

Da quanto abbiam detto ne deriva che noi opiniamo che le Società debbano essere composte di soli operai.

Dunque, ci si dirà, sono da escludere i soci onorari e benemeriti?

La questione gravissima fu dibattuta in seno alle Società ogni volta che si trattò della loro costituzione. Nei primi anni della nostra indipendenza sorsero molte Società di mutuo soccorso: e se ne ponevano a capo gli uomini più influenti della città o della borgata, qualche volta per amore al bene generale e per desiderio di migliorare la sorte dei fratelli lavoratori, ma più sovente per poter acquistare un maggiore influenza, talora per soddisfare ad una vana ambizione, tal'altra per impadronirsi delle forze operaje e guidarle a proprio talento. In questo modo le Società, invece di essere le guide al risorgimento agognato, fanno, presso il corpo operajo, l'ufficio di quei pesci che si chiamano remore, e che, secondo gli antichi, attaccandosi ai bastimenti ne ritardavano il corso. Sono questi soci non operai che inculcano le massime del contentarsi del presente, con che si rinnega il perfezionamento e il progresso: sono costoro che predicano dover l'operajo rimanere estraneo alla vita politica del paese, quasichè egli che paga, colla coscrizione, il grave tributo del sangue alla patria, non debba conoscere in qual modo la patria che difende sia governata. Le Società devono essere scuola di vita operosa, focolari di amor patrio, seminari fecondi d'idee generose. E non sarà mai abbastanza biasimato il procedere di quegli ambiziosi che si impadroniscono delle Società operaje per soffocarne lo spirito espansivo, e danno ad intendere agli operai che loro unico scopo debba essere l'ingrossare il fondo della Società per dividere i profitti del capitale in caso di malattia; e avvezzano gli operai a diventare tanti frati mendicanti e a postergare la loro dignità per elemosinare sussidj e lasciti. Abituare all'avvilimento non è educare: con tal sistema si perpetua la schiavitù peggiore, quella degli animi. Il governo riconosce talora la benemerenza di questi protettori di Società e corruttori di menti, e li ricompensa colle croci e coi favori. Il consiglio d'un vecchio e sincero amico delle classi lavoratrici, perchè egli pure chiede al lavoro quotidiano il proprio sostentamento, è questo: Diffidate di quelli che non appartenendo alla vostra classe, s'insinuano fra di voi e vi assordano colle parole di libertà e colle seduzioni di ajutj e di favori: mettete alla prova quelli che si dicono vostri amici, e non aprite loro le braccia e il cuore se non dopo che li avrete esperimentati veramente fratelli di pensiero e di azione.

La regola dovrebb'essere di escludere dalle Società i non operai, perchè facilmente costoro si cambiano in padroni; però è necessario interpretarla nel modo più indulgente. Vi sono dei non operai che si rendono benemeriti nella fondazione delle Società o per ajuti, o per servizi, o per elargizioni in danaro: vi sono inoltre molti principali che vedono di mal occhio le Società operaje, perchè le reputano istituzioni fondate a loro danno. Inoltre non conviene privare i sodalizi di quelle offerte spontanee colle quali si può porgere aiuto ai molti bisogni. Coll'escludere tutti i non operai dalle Società, si manca nel primo caso a un dovere di gratitudine, e negli altri due si trascura quella prudenza che non devesi mai abbandonare da chi prende a cuore il progresso operajo. «Non ci vogliono! diranno i principali: essi ordiscono i loro conciliaboli contro di noi, e temono la nostra presenza.»

Le Società hanno invece la convenienza di accettare i socj benemeriti, vale a dire quelli che confortano col loro consiglio, che possono suggerire utili modificazioni, ajutare nei bisogni coll'opera loro, e pagare la quota di soci operai senza ricevere il compenso nei casi di malattia.

Questi socj benemeriti devono essere a parte dei lavori sociali, ma per evitare i pericoli di creare padroni alla Società, devono (dove lo si può) essere esclusi dalle cariche. Fra le istituzioni operaje noi ne citeremo a modello una, il Consolato operajo di Milano. Questo è diretto da cinque socj, che sovrintendono agli interessi di indole generale delle trentasei Società operaje federate ad esso. Questa istituzione, senza sussidj materiali, senza lasciti, senza fondi di reddito estranei alle quote degli operai (e queste sono di 10 centesimi cadauno per anno) ha potuto estendere la propria influenza, istituire scuole e circoli, farsi centro d'una Società edificatrice di case operaje e crescere nella considerazione degli uomini onesti, a punto perchè ha escluso dalle cariche i non operai. Un articolo del suo statuto prescrive che non possa essere Console chi non esercita veramente il mestiere della Società cui è ascritto. In questo modo si mantiene indipendente dai partiti e dagli uomini, abitua gli operai a pensare da sè alle cose proprie, e li educa a saper adempiere ai doveri di cittadino. Nei bisogni non mancano mai al Consolato amici cui ricorrere affine di averne consiglio o ajuto: e il sapere che non è possibile il diventare Console per chi non sia operajo, allontana gli ambiziosi e impedisce che si sospettino di mene non rette coloro che si prestano al lavoro animati da sincero desiderio del bene operajo.

Nelle città sopratutto si trovano operai egregi che sono sì sottili ragionatori e sì onesti amministratori, che sarebbe ingiustizia il non affidare a loro la direzione e il governo dei rispettivi sodalizi; e solamente nelle campagne, in via transitoria, la presidenza può essere affidata ai non operai fino a quando non siasi estesa la coltura generale.

Alcuno temerà che l'escludere i socj non operai dalle cariche possa sembrare una diffidenza scortese. Ma i fatti dimostrano infondato questo timore. Molti sodalizi hanno applicato questo principio, e non per questo difettano di socj benemeriti: ed anzi lungi dall'offenderli, si rende loro un servizio. Le cariche si chiamano con questo nome perchè sono un peso: esse richiedono non il lavoro entusiastico di pochi giorni, ma la continua assistenza di tutto l'anno: non la comparsa di un'ora, compensata dal piacere dal far strombazzare dai giornali il proprio nome, ma l'incessante opera che governa e provvede in tutte le più piccole occasioni. I non operai difficilmente hanno il tempo e lo spirito d'abnegazione necessaria per adempiere i doveri di una carica: e più difficile, ancora è di trovare in essi la costanza necessaria. Quindi se a questi socj si riserbano solamente gli onori d'appartenenza alla Società, e si risparmiano loro i pesi, non possono averlo a male, nè offendersi in modo alcuno. I buoni inoltre comprenderanno l'importanza e la giustizia della risoluzione, e l'applaudiranno per i primi.

Questi socj non operai possono essere di più sorta. Ordinariamente si chiamano onorari quelli che si sono resi degni, per qualche importante servizio, della gratitudine degli operai; benemeriti quelli che pagano il tributo dei socj effettivi, ma non godono i vantaggi dei sussidi.

Ma passiamo alla questione più importante: quella dei fondi. Non occorre che sia dimostrato il principio che i fondi devono essere tanti quanti sono gli scopi del sodalizio. Questo può avere parecchi intenti; i principali di questi e i più facili ad essere soccorsi sono:

il mutuo soccorso in caso di malattia;

il mutuo soccorso in caso di disoccupazione;

il sussidio funerario in caso di morte.

I socj devono pagare una quota settimanale: è la regola più conveniente, perchè la meno gravosa. Molte società sono facili a promettere senza calcolare fino a qual punto possano mantenere; nè lo fanno con malvagia intenzione, ma ingenuamente, nel solo desiderio di attirare un grande numero di operai sotto le bandiere della Società, e fidandosi, per l'avvenire, nell'imprevisto e nella provvidenza. Evitiamo per carità queste illusioni: esse screditano il principio del mutuo soccorso. Non promettiamo mai un centesimo più di quanto siamo matematicamente persuasi di poter mantenere.

I socj pagano una tassa d'ingresso e un tributo settimanale. Colla tassa d'ingresso si fa partecipe della proprietà sociale, dei mobili, della bandiera. ecc. Col tributo settimanale si costituiscono i fondi necessari al mutuo soccorso. D'ordinario questo tributo è di 25 centesimi: e questo basta per il sussidio di malattia di una lira al giorno per tre mesi e di 50 centesimi per altri tre mesi successivi, e per il sussidio funerario in caso di morte. Siccome i 25 centesimi settimanali sommano a 13 lire in capo a un anno, così si suole mettere 12 lire nella cassa delle malattie, e una nella funeraria. Quest'ultima ingrosserà rapidamente, perchè meno di sovente si ricorrerà ad essa, e dopo un certo numero d'anni la Società potrà disporre della parte eccedente di questi fondi per qualche altro scopo . Anche la cassa di malattia non sarà esaurita in capo a ciascun anno; ma è indispensabile che ciascun sodalizio si formi un capitale che porga guarentigia della sua durata e delle quote che pagano i socj, e nel medesimo tempo costituisca i mezzi di accrescere le forme sotto cui il mutuo soccorso può svilupparsi. È savia norma che ciascun socio acquisti il diritto al sussidio dopo un anno di appartenenza alla Società: quelle associazioni che vollero distribuire i sussidi appena formate, o dopo soli sei mesi, si sono interdette la via alla costituzione di un capitale e quindi a svolgere proficuamente la loro benefica azione.

Quando si voglia dare un sussidio di disoccupazione, converrà far pagare una piccola quota mensile a parte, in quella misura che suggerirà la speciale professione; ovvero attendere che il capitale sociale abbia raggiunto tal somma che gli interessi possano bastare a tale bisogna.

Alcuno si meraviglierà perchè non annoveriamo fra gli scopi del mutuo soccorso quello di dare pensioni ai vecchi ed agli invalidi al lavoro. Noi crediamo che una Società non possa da sola provvedere a un serio sussidio per la vecchiaia: le quote dei socj sono consacrate al sussidio per malattia, all'istruzione, a tutti quei bisogni per cui si richieggono minori capitali: e noi vediamo quelle stesse Società, che oggi danno pensioni, misurarle con sì avara mano che può dirsi accordino simulacri, ironie di pensioni. Forse che 40 o 50 od anche 100 lire all'anno impediscono che un vecchio muoja di fame, se non ha niente altro al mondo? Il senatore Pepoli scriveva or non è molto: «L'operajo lavori pure indefessamente, chiuda pure la sua vita e quella della sua famiglia nei più angusti limiti dell'economia; l'obolo che può porre in disparte per una pensione di vecchiaja, non può, anche accumulandosi in una associazione, assicurargli una pensione che risponda a' suoi modesti desiderj e a' suoi urgenti bisogni.» Convinto di questa verità dolorosa, il Popoli tanto si adoprò che riuscì a far nominare una commissione per studiare il modo di radunare i membri di tutte le Società in una sola grandissima, che comprenda tutta l'Italia, per potere, sia col grande numero, sia coll'ajuto dello Stato, dare pensioni convenienti ai bisogni.

Però, per norma di quelle Società che credessero di istituire nel loro grembo le pensioni, pubblichiamo, in fine del progetto di statuto, una tavola, in base alla quale l'Associazione femminile operaja di Milano distribuisce sussidi di vecchiaja. In questo caso cresce ancor più l'importanza di tenere distinti i fondi, affinchè coloro che pagano per avere una pensione, non si trovino defraudati nelle loro speranze, per una confusione od uno sperpero imprevisto .

Il deputato Picard lesse, nel febbrajo 1880, innanzi alla Commissione d'iniziativa dell'Assemblea francese la sua relazione sulla proposta del deputato operajo Nadaud, di istituire una Cassa Nazionale di pensioni pei vecchi agricoltori ed operai. La relazione divide come segue la vita dell'operajo:

Dai 16 ai 20 anni, lavoro effettivo; dai 20 ai 25, servizio militare; dai 25 ai 45, lavoro effettivo ridotto di un decimo; dai 45 ai 55, lavoro effettivo ridotto di un quinto. A 55 anni l'operajo, inabile al lavoro, deve collocarsi in riposo.

La Commissione era di parere che il minimo delle pensioni di riposo non dovesse essere inferiore alle 400 lire, e che dovesse raggiungere in media le lire 600. Essa proponeva di prelevare il 5 per cento sul salario degli operai; il che basterebbe a fornire una metà della somma occorrente; l'altra metà sarebbe fornita dallo Stato.

IX.

(seguito).

Abbiamo accennato alle molteplici forme che può assumere il mutuo soccorso: e giova fermarsi a considerarle brevemente.

Il primo bisogno cui deve soddisfare la Società, abbiam detto che è la malattia temporanea: è prudente cosa che sia unico il sussidio, del pari che la quota di pagamento. In una Società deve regnare l'eguaglianza assoluta su questo rapporto.

Per le associazioni esclusivamente femminili, o delle quali fan parte uomini e donne promiscuamente, vi sono anche i sussidi per la maternità.

L'Associazione delle Operaje di Milano fa pagare alle socie, che vogliono godere di questo beneficio, cinque centesimi al mese in più della quota ordinaria, e quando diventano madri, paga loro lire dieci; le socie rinunciano però in quest'occasione per otto giorni al sussidio di malattia che è di sessanta centesimi giornalieri. Inoltre a colei che appartiene da 15 anni alla Società e che dimostra d'aver allattato tutti i suoi figli, dà un premio di cinquanta lire.

Annesso al soccorso di malattia è sempre il funerario. Gli operai chiudono gli occhi alla luce di questo mondo, ove hanno tanto lavorato, meno infelici se li consola la certezza dell'addio supremo da parte dei loro compagni di fatiche e di speranze. La bandiera che li raccolse e protese in vita, sventola sulla loro bara onorando il soldato del lavoro; e in quest'onoranza funebre essi confondono il desiderio comune che qualcosa sopravviva di noi oltre la tomba, desiderio innato nell'uomo, desiderio, speranza e fede che guidano e confortano al bene, e che nessuna dottrina materialista può distruggere.

L'operajo chiede al lavoro la propria esistenza: e bisognerebbe che ciascuna Società pensasse a provvederlo a chi ne manca. Perchè mai i sodalizi non si sostituirebbero ai sensali, sovente ingordi, che oggi provvedono ai lavoratori le officine? Perchè non si porrebbero in relazione i sodalizi di tutte le città affine di trovar lavoro ai propri socj? L'unione che rende forti gli operai di una città contro le traversie usuali della vita perciò dovrà essere limitata fra quei che un muro ed una fossa serra? Forse che non sono fratelli coloro che faticano ogni giorno a compiere l'identica opera, ancorchè separati da fiumi, da monti, da lunghe distanze? Tutti vivono del prodotto del proprio lavoro; alle braccia chiedono il pane quotidiano per le famiglie loro. Primo bisogno pertanto è che questo pane non manchi loro giammai: e quanti sono operai di una data arte devono formare una lega per mettere un argine contro la deficienza del lavoro. Quando una crisi colpisce una speciale industria, i principali, intenti a salvare le proprie sostanze dal naufragio, riducono i lavori e gettano gli operai sul lastrico, senza appoggio, senza speranze, senza pane: essi sono il carico inutile che si getta in mare quando sopraviene la burrasca: e, soli e senz'appoggio, a qual santo devono mai votarsi per trovare un onesto modo di vivere?

L'ideale sarebbe che ogni Società possedesse opifici, dove a tutti i licenziati, senza loro colpa, fosse dato di trovare lavoro; ma questo entra nella categoria delle Società Cooperative; per ora bisogna cercare altri modi più facili e meno costosi.

La produzione consta di due fattori: capitale e lavoro. Il primo può svilupparsi su ampio mercato e chiedere le braccia dove vuole; ma il lavoro si trova davanti un mercato limitato perchè non può farsi valere in un luogo dove manchi, non avendo mezzo di conoscere il bisogno e di trasportarsi dove questo esiste. Vi sono pur troppo molti, che, illusi da promesse vaghe e da vane dicerie, si trasferiscono altrove senza un preventivo appoggio, e si trovano poi nella dolorosa circostanza di non potersi occupare perchè tutt'affatto sconosciuti in quella piazza, e di retrocedere, oppure, per non avere il danaro necessario al ritorno, di piegarsi ad esercitare mestieri inferiori alle loro intelligenze, affine di non morir di fame.

Dare pertanto la conoscenza della piazza dove occorrono le braccia in una data industria e i mezzi di recarsi colà, tale dovrebbe essere lo scopo della lega delle Società di mutuo soccorso: lega nazionale dapprima e che può farsi internazionale. Internazionale virtuosa, internazionale santa è questa, che avrebbe per iscopo di guarentire la vita guadagnata, stentata col sudore della fronte.

Il principio di questa lega è l'Ufficio di collocamento, utile agli operai ed ai principali: ai primi che sono sottratti all'ingordigia dei sensali, ai secondi che trovano una guarentigia di moralità nel lavorante proposto dal sodalizio.

Nè basta pensare al miglioramento materiale, è necessario che la Società pensi all'istruzione ed all'educazione del socio. L'istruzione obbligatoria fa sì che tutti sappiano leggere e scrivere; ma che vale questa conoscenza se non è indirizzata ad un utile scopo?

L'operajo deve chiedere la sua vita alla rude lotta di ciascun giorno contro la terra, il legno, il metallo, contro tutte le forze brute della natura; egli deve prendere corpo a corpo le materie greggie per trasformarle, e non sa di quelle materie nè le qualità, nè le misure, non conosce il segreto di domarle. È in questo modo che oggi si prepara l'operajo all'avvenire di lavoro che gli è serbato, e che richiede forza, destrezza e perfezionamento di un'attitudine, di una facoltà. E ciò posto, si può forse pretendere che l'operajo ignorante abbia l'amore del lavoro pel lavoro, come l'artista ha quello dell'arte per l'arte?

Non è gran tempo, una circolare ministeriale spronava le Società operaje a istituire scuole industriali, fondamento delle quali è il disegno; e se non ce lo vietasse il rispetto per la libertà individuale, vorremmo in verità che fra noi si rinnovasse quella legge che al dire di Plinio il vecchio, vigeva in Grecia, secondo la quale tutti i giovanetti dovevano imparare il disegno. e a questo si devono attribuire in gran parte le bellissime opere che ci restano dell'ingegno greco, il quale si rivela non solo negli edifici e nelle statue, ma ancora nei vasi e in tutti gli oggetti dell'uso comune.

Nè le scuole costano molto; facile è trovare chi presti l'opera sua, se non interamente gratuita, almeno per scarso compenso: e a far fiorire le scuole operaje la cosa più necessaria è la buona volontà dei socj. Per lo più questa buona volontà non fa difetto sul principio; ma poi si rallenta e talora sparisce affatto. Per questo l'esperienza suggerisce di far pagare una quota minima a quelli che frequentano la scuola, la quale quota può essere restituita, alla fine dell'anno, a coloro che non hanno mai mancato alle lezioni senza giustificato motivo.

L'istruzione rende il lavoro più intelligente, meno faticoso e più proficuo: più degno quindi dell'uomo e adatto ai bisogni del vivere civile. Inoltre l'istruzione professionale sarà quella che redimerà l'operajo dalla condanna del lavoro manuale. Quante vittime non fa ogni giorno l'industria! quante esistenze non sono oggi recise sul fiore dai veleni che penetrano nei pori e avvelenano le fonti della vita! Un vecchio minatore ogni volta che udiva il carbone coke gemere nella stufa, si faceva il segno di croce esclamando:

– Ecco il grido dell'anima di un operajo che è morto nella miniera, scavando quel pezzo di carbone.

Noi potremmo udire quel grido in tutto ciò che ci circonda. Le vernici lucenti dei nostri mobili sono ottenute col veleno fatale del piombo: le vesti che portiamo contengono un colore che mina lentamente la vita dell'operajo che lo ha adoperato; il giornale che noi leggiamo consuma colla colica saturnina e colla tisi l'operajo che mette insieme i tipi fatali.... Noi compiangiamo la barbarie che spinge i maomettani sotto le ferrate zampe del cavallo del gran sacerdote nelle solenni feste, credendo di meritarsi la gloria del paradiso rallegrato dalle Uri della ognor nuova bellezza; ma noi pure assistiamo ogni giorno a simigliante spettacolo di cui l'abitudine ci dissimula la crudeltà. Non sono forse vittime volontarie quegli operai che si votano alla morte, consacrandosi a un lavoro che conoscono micidiale? E mentre i barbari si sacrificano per cieca superstizione, i nostri operai si offrono alla morte, ostie volontarie e coscienti, per soddisfare alla inesorabile dea – la fame.

Non fu mai fatta una statistica generale delle vittime quotidiane del lavoro; di quelle che non sono gettate nella tomba da un tragico fatto, ma bensì che sono condannate a perire per necessità delle cose; e fra tanti studj nessuno ha mai risolto il problema di togliere al lavoro i suoi veleni!

Nelle statistiche parziali noi troviamo cifre spaventevoli. Per esempio, negli ospedali di Breslavia e di Wurzburg sono state fatte delle osservazioni sulla mortalità per tisi che si verifica fra gli operai addetti alle lavorazioni polverose.

Fra coloro che lavorano la polvere metallica, vengono attaccati da tisi specialmente i fabbricatori d'aghi, il 69 per cento: quelli di lime 62 per cento; i litografi il 48,5 per cento; i fabbricanti di stacci 42,1; gli arrotini 40,4; I compositori tipografi 36,9; gli orologiari 36,5; i fonditori di caratteri 34,9; gl'incisori 29,3; i tintori 25; i verniciatori 25; i pittori 24; gli stampatori 21,6; i ramai 14. Fra quelli che lavorano fra la polvere minerale, i lavoranti di cristallo sono fra i più esposti alla tisi; ne rimangano attaccati l'80 per cento; dei fabbricanti di pietre da macine 40; degli scalpellini 36,4; dei fabbricanti di porcellane 16; dei pentolai 14,7; dei legnajuoli 14,4; dei muratori 12,9; dei tagliatori col diamante 9; di quelli che fanno la calcina 8,10. Fra coloro che lavorano in mezzo alla polvere vegetale, i sigarai sono i più esposti alla tisi e su cento il 36,9 la prendono: i tessitori, il 15 per cento, i funajuoli il 18,9; i mugnai 10,9; i fornai 7; gli spazzacamini 6,5; i carbonai 0,8. Fra i lavoranti i quali vivono nella polvere animale, diventan tisici fra i fabbricanti di spazzole il 49 per cento; i parrucchieri 32,1; i tappezzieri 25,9; i pelliciai 23,2; i tornitori 16,2; i cappellai 15,5; i lavoranti di bottoni, 10. Gli operai occupati in mezzo a polvere mista vengono attaccati in questa proporzione; i tagliatori di vetro, il 35 per conto; i fabbricanti di vetro 17,8; e gli agricoltori 15,1.

Fra gli atti della Commissione consultiva degli Istituti di previdenza e sul lavoro in Italia, vi è un'accurata relazione sulla frequenza e sulla durata delle malattie negli individui associati ai sodalizi di mutuo soccorso. Ora, secondo la relazione, e dagli studi fatti sopra 162 Società operaje prese in osservazione, con un numero complessivo di 159,150 socj, si avrebbero le indicazioni seguenti:

Nei mestieri che si esercitano al coperto e che richiedono poca forza muscolare, si hanno annualmente, in media, 19 malati su 100 soci.

Nei mestieri più faticosi, ma sempre esercitati al coperto, la media percentuale annua dei malati sale a 26; limite che essa non oltrepassa anco per quei mestieri che richiedono poca forza muscolare, ma che vengono esercitati all'aperto.

Riguardo poi ai mestieri più faticosi, esercitati all'aperto, la media per cento annua dei malati sale a 33.

I mestieri soggetti a più frequenti e speciali malattie sono i seguenti, classificati secondo la media per conto dei malati nel corso dell'anno:

Calafati, 54; distillatori, 51; imbianchini, 47; colorari, 45; lavoranti addetti alle manifatture del tabacco, 42; infermieri, 36; conciapelli, 36; materassai, inverniciatori, tintori, lanajoli, ecc.

In generale però si osserva che le professioni esercitate al coperto e con poca forza muscolare, mentre danno un numero minimo di malati, danno però un numero maggiore di giorni di malattia per ciascun malato.

L'istruzione professionale potrà guidare gli operai alla ricerca della loro salute: potrà loro insegnare la via della salvezza; di togliere, cioè, il veleno alle industrie. Gli operai devono salvarsi da per sè dalla barbarie della presente civiltà, posciachè nessun altro pensa a farlo.

L'istruzione professionale è necessaria quindi anche per il principale, perchè migliora il sistema del lavoro e gli conserva l'operaio che è lo strumento intelligente.

Una Società è una forza; e dopo aver soddisfatto a tutti i suoi doveri, rimane pur sempre la forza morale che deve essere impiegata a profitto della classe lavoratrice. Quindi un sodalizio di mutuo soccorso può, secondo i casi speciali e secondo le condizioni dell'industria e del lavoro, farsi mediatore fra principali ed operai in caso di contestazione, iniziare le Camere arbitrali, farsi promotrice di banche popolari, di Società cooperative e dare essa stessa a mutuo a' propri socj, sopratutto per ajutarli ad acquistare gli strumenti del lavoro. Vi sono parecchie Società che hanno aperto un credito ai loro socj allo scopo di facilitar loro l'acquisto di macchine da cucire: e i resoconti delle Società Artigiane di Bologna e Archimede di Milano mostrano come gli operai abbiano sempre risposto con esattezza alla fiducia che venne in loro riposta nell'anticipare le anzidette macchine.

Una volta un principe si vantava di somigliare a una macchia d'olio, che, continuamente allargandosi, ampliava i propri confini; nei tempi moderni le Società operaje devono somigliare a quel principe, non per il soddisfacimento d'un'ambizione personale, ma bensì per allargare la sfera dell'azione propria a beneficio della classe più numerosa, più infelice, più bisognevole di conforto, di retto consiglio e di soccorso, qual'è l'operaja .

Il desiderio di avere davanti a sè un esempio da imitare, aveva spinto le corporazioni operaje d'un tempo, progenitrici delle nostre Società, a mettersi sotto la protezione d'un santo che avesse in vita esercitato l'arte della corporazione . Il santo rappresentava la perfezione quale la desideravano un tempo: perchè coll'esempio del santo inculcavasi all'operajo la rassegnazione alla miseria e la umiliazione cieca, consolandolo dei patimenti quotidiani colla promessa della felicità nell'altro mondo, dove i più disprezzati e i più infelici avrebbero avuto i primi onori. Dottrina che sarà stata consolante per i lavoratori, ma che era senza dubbio utile per i padroni. Ora le aspirazioni hanno cangiato di meta: custodendo nel nostro cuore la credenza di un Eterno Principio in quella forma, o senza alcuna forma, come la ragione ci suggerisce, noi prefiggiamo alla vita uno scopo umano: quello di migliorare lo spirito e il corpo. Aneliamo sempre alla perfezione, e per raggiungerla ci sottomettiamo ai sacrifici; ma questi non sono sterili ipoteche per il paradiso, ma utile lavoro per quelli che verranno dopo di noi, e raccoglieranno il frutto di ciò che abbiamo seminato. Quindi all'antico esempio di quietismo, abbiamo sostituito l'esempio d'un uomo di genio, il quale ci insegna a cercare, insieme al lavoro, il benessere, la felicità anche sulla terra. È una rivoluzione compiutasi in tutte le Società: i legnajuoli al patrono san Giuseppe han sostituito Abramo Lincoln, che da povero operajo si elevò a Presidente della Repubblica americana: gli oriuolai hanno preso il nome del grande Galileo: i fabbri-meccanici invocarono con solenne deliberazione il genio di Archimede, principe delle arti meccaniche, e sotto di lui si raccolsero parecchie società di Lombardia e di Sicilia. Il santo e l'uomo di genio dicono entrambi «Lavorate e siate onesti;» ma il primo aggiungeva: «Rassegnatevi e siate umili;» il secondo mostra l'avvenire, e grida: «Studiate, esercitate la volontà e l'ingegno, e sorgete dalla polvere: più su, più in alto, sempre in alto, coll'altero motto di un libero poeta: Excelsior!»

PROGETTO DI STATUTO

TITOLO I.

Costituzione e scopo.

ART. 1. È istituita in..... un'associazione, la quale prende il nome di......

ART. 2. La Società ha per iscopo:

a) di sussidiare i socj in caso di malattia;

b) di prestare il suo appoggio morale ai socj che senza colpa rimanessero disoccupati, per procurar loro lavoro ;

c) di diffondere l'istruzione fra i socj mediante il mutuo insegnamento ;

d) di sussidiare la famiglia in caso di morte del socio;

e) di tutelare i diritti che le leggi nazionali accordano nell'interesse di tutti o di un socio in particolare;

f) di farsi mediatore fra i soci e i loro principali, ogni volta che insorgessero contestazioni a motivo del lavoro;

g) di promuovere in ogni occasione il benessere morale e materiale dei propri socj e della classe operaja in generale.

TITOLO II.

Categorie dei soci.

ART. 3. I socj si dividono in tre categorie:

a) Socj effettivi;

b) Soci onorari;

c) Socj benemeriti.

Sono effettivi i socj che esercitano l'arte da cui la Società s'intitola, che pagano la tassa d'ingresso e la quota settimanale, e che fruiscono di tutti i vantaggi della Società.

Sono onorari i soci che vengono proclamati tali nelle adunanze generali per servigi prestati alla Società e alla classe operaia in generale.

Sono benemeriti i socj che beneficano la Società col pagare L. 12 all'anno o L. 100 in una sol volta, e non ricevono alcun sussidio nei casi di bisogno.

ART. 4. I socj onorari e i benemeriti possono essere d'ogni età, appartenere ad ogni classe di cittadini e sono scelti dalla società. I socj effettivi, per essere dichiarati tali, devono:

a) esercitare l'arte da cui la Società s'intitola a norma dell'art. 3;

b) avere non meno di 15 non più di 50 anni ;

c) essere di costituzione sana e di onesta condotta.

ART. 5. Chi aspira a far parte della Società dovrà farne domanda verbalmente od in iscritto: l'età dovrà risultare da un documento pubblico, la sanità da un attestato medico, la moralità essere testificata da due socj.

ART. 6. Il nome dell'aspirante rimarrà per otto giorni affisso nella sala sociale, e ciascuno potrà fare le osservazioni che crederà giovevoli alla Società. Se non vi sono osservazioni, il socio sarà senz'altro ammesso e il suo nome partecipato nella prima adunanza generale.

TITOLO III.

Dimissione ed espulsione.

ART. 7. Si cessa di far parte della Società per espulsione o per dimissione.

Tanto il socio espulso quanto quello che volontariamente si dimette, perdono ogni diritto che avessero potuto acquistare nel tempo in cui appartennero alla Società.

ART. 8. Si può domandare la espulsione di un socio nei seguenti casi:

a) quando il socio abbia dato prove di immoralità di costumi;

b) quando abbia mancato ai doveri della professione o a quelli di famiglia, o a quelli di cittadino;

c) quando offenda l'onore o la persona dei socj, in modo da recar loro grave pregiudizio;

d) quando commetta atti che tornino a disdoro proprio o dell'associazione cui appartiene.

Lo stato d'ubbriachezza in cui potesse trovarsi il socio che commettesse alcuna delle sopraddette infrazioni, non sarà a lui di scusa, ma bensì ne aggraverà la colpa; anzi qualora si trovasse abitualmente in tale stato potrà essere, per ciò solo, espulso dal sodalizio.

ART. 9. L'espulsione, essendo un atto gravissimo che importa disonore a chi n'è colpito, dovrà essere regolata dalle seguenti norme:

a) il Consiglio direttivo, quando viene a cognizione di alcuno dei fatti accennati nell'articolo antecedente a carico d'un socio, apre un'inchiesta;

b) i risultati di tale inchiesta saranno sottoposti al Consiglio di Sorveglianza e discussi alla presenza del socio, al quale sarà data la parola per la difesa;

c) l'espulsione dovrà essere votata a maggioranza assoluta dai due Consigli;

d) prima di passare ai voti sarà chiesto al socio se intende dimettersi per risparmiarsi l'eventualità dell'onta dell'espulsione;

e) il nome del socio espulso sarà esposto per un mese nella sede sociale;

f) il socio espulso potrà, contro la deliberazione dei due Consigli, appellarsi, per bocca di un socio effettivo, alla prossima assemblea generale.

TITOLO IV.

Doveri e diritti dei soci.

ART. 10. È dovere d'ogni socio di promuovere e curare l'incremento e il bene morale e materiale del sodalizio, mantenere con tutti i colleghi relazioni di affetto, propagare i principj del mutuo soccorso nella classe operaja ed essere, colla propria condotta, costante esempio a tutti di operosità, di economia, di domestiche e civili virtù.

ART. 11. Ogni socio dovrà pagare una tassa d'ammissione ed una settimanale.

La tassa d'ammissione è di :

L. 1 dai 15 ai 20 anni

» 3 dai 20 ai 30   »

» 5 dai 30 ai 35   »

» 8 dai 35 ai 40   »

» 10 dai 40 ai 50   »

Nel computo dell'età, l'anno cominciato si calcola come compiuto.

La tassa d'ammissione può essere pagata in rate settimanali di cent. 25 cadauna, previo accordo col Consiglio direttivo.

La tassa settimanale è di cent. 25 anticipati; il socio può pagare le quote anche mensilmente.

ART. 12. Il socio che sarà in mora di tre mesi al pagamento delle quote settimanali, dovrà pagare nel quarto mese un'ammenda di cent. 25, nel quinto di cent. 50, nel sesto di una lira e nello stesso tempo il Consiglio direttivo lo inviterà per iscritto a mettersi in regola coi pagamenti. Ove un socio non ascoltasse questo invito, sarà, senz'altra formalità, depennato dai ruoli sociali.

Resta però in facoltà del Consiglio di accordare ai socj in arretrato quelle proroghe e quei condoni d'ammenda che credesse opportune perchè regolino le loro partite, e ciò secondo le giustificazioni che in tempo utile potessero presentare.

La cancellazione trae seco la perdita d'ogni diritto.

ART. 13. Il socio effettivo ha diritto:

a) al sussidio in caso di malattia;

b) a tutti i soccorsi promessi dall'art. 2 di questo statuto;

c) a coprire tutte le cariche sociali quando ne venga eletto;

d) a votare nelle assemblee generali ordinarie e straordinarie, prendendo parte a tutte le discussioni e deliberazioni;

e) a fare tutte le proposte che ritiene di utile sociale, purchè le comunichi alla presidenza otto giorni prima dell'adunanza;

f) ad ispezionare, nelle ore d'ufficio gli atti ed i registri sociali e ad avere tutte quelle notizie che gli occorressero sulla vita amministrativa della Società.

ART. 14. Il sussidio di malattia di cui si parla nell'articolo antecedente è di L. 1 al giorno per tre mesi consecutivi, dopo i quali si ridurrà a cent 50 per altri tre mesi. Trascorso il sesto mese della stessa malattia e di consecutivo sussidio, il Consiglio vedrà se debbasi continuare, in via eccezionale, il sussidio in quella misura discrezionale che sarà reputata conveniente.

Per godere di questo sussidio si dovrà appartenere da un anno alla Società ed essere in perfetta regola coi versamenti, giusta il prescritto del rispettivo regolamento.

Il sussidio comincerà a decorrere dal quarto giorno di malattia e dall'avviso che ne sarà dato alla Società.

ART. 15. Alla morte di un socio, la famiglia ne avviserà il Consiglio, il quale manderà una rappresentanza della Società colla bandiera al funebre trasporto, e pagherà la quota di L. 30.

ART. 16. Il socio che fosse chiamato in servizio attivo negli eserciti dello Stato, non avrà l'obbligo di pagare, durante quel lasso di tempo, le contribuzioni fissate; ma in ogni caso non godrà dei vantaggi che gli competerebbero secondo il presente Statuto.

Finito il servizio, potrà rientrare nella Società, conservando i diritti e gli oneri derivantigli dallo Statuto, con riflesso al tempo che avrà appartenuto prima alla Società, e senza obbligo di pagare una seconda tassa di ingresso, purchè rientri non più tardi di tre mesi dopo ottenuto il congedo.

Durante il servizio militare il socio può continuare le contribuzioni mensili, e in questo caso riceverà i sussidj spettantigli.

ART. 17. I vantaggi, di cui all'articolo precedente, sono pure accordati ai volontari sia nell'esercito regolare che nei corpi dei volontari.

ART. 18. Ogni qualvolta il socio cambia domicilio o residenza, deve avvertire immediatamente il Consiglio Direttivo.

Tutto le spese di trasmissione o remissione che potessero occorrere per corrispondenze o spedizione di denaro, sono a carico del socio.

ART. 19. Il cambiamento di professione non cambia il carattere di socio. Però il lavorante che diventasse principale, durante il tempo in cui rimarrà in tale condizione, entrerà nella categoria dei socj benemeriti.

TITOLO V.

Rappresentanza sociale.

ART. 20. La rappresentanza sociale è affidata a:

a) un Consiglio Direttivo, composto di undici membri, e cioè: un presidente, un vice-presidente, un segretario, un vice-segretario, un cassiere e sei consiglieri;

b) un Consiglio di Sorveglianza di nove membri;

c) Una Commissione di tre arbitri.

ART. 21. Tutte le cariche sono gratuite. Durano in ufficio un anno e gli scadenti sono rieleggibili.

Le nomine devono essere fatte per schede segrete a maggioranza di voti e nelle sole assemblee generali.

ART. 22. Il presidente è il rappresentante della Società in faccia alle autorità costituite ed ai terzi; è responsabile, davanti all'assemblea, dei fondi sociali; presiede le adunanze generali; firma i certificati d'iscrizione; riceve la corrispondenza insieme al Consiglio direttivo, e vi dà corso nella parte che lo riguarda. Non può fare nessun atto che importi obbligazione morale o materiale della società, senza il consenso del Consiglio Direttivo .

ART. 23. Il vice-presidente coadiuva il presidente e lo surroga in sua assenza.

ART. 24. Il segretario tiene la corrispondenza del Consiglio direttivo, e ne predispone ogni atto, controfirma ogni documento pubblico o privato. Sono a lui demandati il registro di protocollo, la custodia dell'archivio e dei suggelli della Società che appone agli atti che si rilasciano. Spedisce le circolari per le adunanze e tutte le lettere o delegazioni del Consiglio direttivo. Riceve progetti, istanze ed ogni altro invito da sottoporre ai Consigli e veglia alla stampa d'ogni cosa che sia ordinato stamparsi. Redige i verbali delle adunanze generali, e ne dà lettura in quelle successive.

ART. 25. Il vice-segretario ajuta il segretario nelle sue mansioni, e lo surroga in sua assenza.

ART. 26. Il cassiere ritira dai consiglieri di turno le esazioni giornaliere, rilasciando ad essi analoga ricevuta, e resta facoltizzato a ritenere presso di sè una somma non eccedente le L. 100 per le piccole spese e pei sussidj; paga i mandati che gli vengono presentati, e tiene colla massima diligenza un registro di cassa di entrata e uscita. In questo registro sono tenuti distinti i fondi che servono pei vari scopi della Società .

È responsabile delle somme che riceve e deve renderne conto con tutta la responsabilità di un depositario.

Alla fine di ciascun anno è obbligato presentare il bilancio delle entrate e dell'uscita della Società.

ART. 27. I consiglieri direttivi ajutano la presidenza nei suoi lavori, ne dividono la fatica, si prestano ad esigere i contributi ed a fare tutti quegli atti che spettano alla buona direzione della Società.

ART. 28. Il Consiglio di sorveglianza vigila i lavori del Consiglio direttivo e specialmente la parte amministrativa del sodalizio, informa sulla condizione dei soci, sulle loro malattie, sui loro bisogni e sui chiesti sussidj.

Il Consiglio di sorveglianza vigila per l'esatta applicazione dello statuto.

Esso si riunisce ogni volta lo crede necessario; assiste alle sedute del Consiglio direttivo con diritto alla discussione; ha diritto al voto solamente quando si tratta dell'espulsione di un socio e dell'impiego dei fondi sociali.

ART. 29. Il Consiglio direttivo devo radunarsi almeno una volta al mese.

Perchè le adunanze siano legali, dovranno essere presenti almeno sette membri.

ART. 30. I rappresentanti durano in ufficio un anno. Sono rieleggibili; però trascorso il terzo anno di carica continuata, non saranno rieleggibili se non dopo un anno d'intervallo .

ART. 31. Il Consigliere direttivo o di sorveglianza che mancasse per tre volte consecutive alle adunanze dei rispettivi Consigli, sarà considerato dimissionario.

Sarà surrogato col socio che, nell'ultima elezione, avrà ottenuto maggior numero di voti, per l'ufficio rimasto vacante.

ART. 32. L'eccedenza delle L. 100. di cui si parlò nell' art. 26, sarà depositato sopra un libretto di risparmio alla locale Banca Popolare (o Cassa di Risparmio).

ART. 33. Soddisfatti gli impegni ordinari della Società, i fondi che man mano andranno accumulandosi, verranno, per determinazione dell'assemblea generale dei socj, investiti in quegli impieghi che si stimeranno più opportuni per maggiore vantaggio e sicurezza degli interessi sociali.

I titoli di credito che la Società verrà acquistando si depositeranno, a semplice custodia, presso lo stesso Istituto di Credito che sarà scelto pel servizio del libretto, eccezion fatta per quei titoli che derivano da documenti i cui originali esistono presso ufficiali pubblici, i quali documenti rimarranno nell'archivio della Società.

ART. 34. Amministrativamente il capitale sociale sarà diviso in tante categorie quanti sono gli scopi che ha la Società.

Le elargizioni dei socj benemeriti sono devolute al fondo istruzione (o al fondo vecchiaja.)

ART. 35. Nell'assemblea, in cui verrà presentato il bilancio annuale, si farà l'esposizione dello stato di tutte le categorie.

TITOLO VI.

Adunanze ordinarie e straordinarie.

ART. 36. Ogni anno, nel mese di febbrajo, si terrà un'adunanza generale ordinaria. Vi saranno invitati i socj dieci giorni prima con lettera-circolare, a cui verrà unito il bilancio sociale, e con annunzi nei principali giornali locali.

In quest'adunanza si farà una particolareggiata relazione delle operazioni generali e del movimento della Società; sarà discusso ed approvato il bilancio sociale e presentato il conto preventivo delle spese ordinarie. A questa adunanza potranno intervenire anche i socj benefattori ed i socj onorari.

Il bilancio sarà firmato dal Consiglio direttivo e da quello di Sorveglianza.

ART. 37. Un'altra adunanza generale ordinaria sarà tenuta nel mese di luglio per il bilancio semestrale; in questa, come in quella di febbrajo, saranno trattate le quistioni più vitali, e discusse le proposte ed i reclami dei socj.

Qualora non si potesse esaurire in una sola adunanza l'ordine del giorno, le adunanze successive saranno valide qualunque sia il numero dei presenti.

ART. 38. Affinchè le adunanze siano legali è necessaria la presenza di almeno un quinto del numero dei socj.

Non raggiungendosi il numero legale, il presidente dichiara sciolta l'adunanza, e la convoca una seconda volta, nella quale avrà luogo ed effetto ogni votazione qualunque sia il numero degli intervenuti.

La lettera e la pubblicazione di questo secondo invito daranno speciale avviso di ciò ai socj.

ART. 39. Ciascun socio che intende presentare proposte alla discussione dell'adunanza generale, deve farle tenere prima alla presidenza formulate e motivate con chiarezza e brevità.

ART. 40. Il Consiglio direttivo potrà convocare, quando lo creda necessario, adunanze generali straordinarie; così pure possono richiederle i socj, quando ne presentino una formale domanda in iscritto, firmata da non meno di 20 di essi, indicante i motivi della chiesta convocazione.

ART. 41. Nelle adunanze non si potrà negare la parola al socio che la chiedesse per un fatto personale, per un richiamo allo statuto, o per una mozione d'ordine.

ART. 42. Prima che una proposta sia messa all'approvazione, il presidente dovrà curare che i socj siano bene a cognizione della sua importanza. L'assemblea vota nei casi ordinari per alzata di mano, con prova e controprova; in quelli di grande interesse sociale per appello nominale, e nei soli casi riguardanti persone, a schede segrete.

Nel caso però di dubbia votazione per alzata di mano, essa verrà rinnovata per appello nominale.

ART. 43. Approvato il risultato di una discussione mediante la votazione, non è più permesso ai socj di domandare la parola sullo stesso argomento.

ART. 44. Trattandosi di proposte che abbraccino più articoli, il presidente le sottoporrà dapprima alla discussione generale, poi a quella dei singoli articoli.

ART. 45. È dovere del presidente curare che gli oratori non abbiano ad uscire con divagazioni dall'argomento; come pure non dovrà permettere che vengano proferite parole od allusioni che possano offendere la suscettibilità del Corpo sociale o dei socj, richiamando all'ordine chi pronunciasse tali frasi, e privandolo anche della parola in caso di recidiva.

ART. 46. Nelle adunanze generali un terzo dei Socj effettivi iscritti potrà revocare dalla carica quei funzionari che se ne fossero resi immeritevoli o venissero riconosciuti inetti.

ART. 47. Le nomine alle cariche si fanno ordinariamente nella seduta di febbrajo; in quella di luglio si voterà per quegli uffici che fossero rimasti vacanti durante il primo semestre.

ART. 48. Ogni socio riceverà un libretto d'iscrizione sul quale si noteranno i pagamenti e i sussidi. Lo stesso libretto conterrà copia del presente statuto.

ART. 49. Il socio benemerito che per sei mesi consecutivi non versa il contributo mensile sarà messo in avvertenza dal Consiglio direttivo, e trascorsi sei altri mesi senza ottenere risposta, sarà levato dall'elenco dei socj benemeriti.

ART. 50. Nessun socio potrà coprire più cariche ad un tempo.

ART. 51. Il presente statuto potrà essere modificato qualora ne facciano domanda almeno 20 soci.

La proposta sarà annunciata all'assemblea generale più vicina, e per essere approvata dovrà ottenere la maggioranza di tre quarti dei socj presenti.

ART. 52. La Società non potrà sciogliersi che per caso di forza maggiore.

Nel caso di scioglimento, liquidato il patrimonio della Società ed assicurati gli obblighi in corso verso i socj, il capitale sarà confidato a....... (qui si deve designare l'Istituto che maggiormente si avvicina colla sua azione alla Società che fu sciolta, oppure a quella che con migliori previdenze soccorre le classi operaje. Abbiamo detto confidare e non donare, perchè l'esistenza del fondo giova a mantenere vivo il desiderio di ricostituire la Società, e ne agevola la ricostituzione).

Gli interessi del fondo saranno adoperati dall'Istituto prescelto pei propri scopi; e il fondo sarà versato alla Società se nuovamente si costituisce fra gli addetti all'arte sociale, in numero almeno di cinquanta.

Trascorsi trent'anni, senza nessuna ricostituzione del sodalizio, il capitale passerà in piena proprietà all'Istituto suddetto.

da ottenersi ai 60 anni compiuti da operai di diverse età i quali abbiano costantemente versato fino a quell'epoca uno o più contributi mensili anticipati, da C. 25 ciascuno, a fondo perduto (dallo Statuto della Società Operaia femminile di Milano).

Età   PENSIONI VITALIZIE

a norma di contributi anticipati mensili di

Età	Cent. 25		Cent. 50		Cent. 75		Lire 1	
	L.	C.	L.	C.	L.	C.	L.	C.
16	65	64	131	28	196	92	262	56
17	61	82	123	65	185	47	247	30
18	58	17	116	34	174	57	232	68
19	51	72	109	44	164	16	218	83
20	51	44	102	89	154	33	205	78
21	48	34	96	68	145	02	193	36
22	45	40	90	80	136	20	181	60
23	42	61	85	23	127	84	170	46
24	39	98	79	96	119	94	159	92
25	37	48	74	97	112	45	149	94
26	35	12	70	24	105	36	140	48
27	32	88	65	76	98	64	131	52
27	30	75	61	50	92	25	123	01
29	28	73	57	46	86	19	114	95
30	26	82	53	64	80	46	107	28
31	25	-	50	01	75	01	100	02
32	23	28	46	56	69	84	93	12
33	21	64	43	29	64	93	86	58
34	20	09	40	18	60	27	80	37
35	18	62	37	24	55	86	74	48
36	17	22	34	45	51	67	68	90

37	15	90	31	81	47	71	63	62
38	14	65	29	30	43	95	58	61
39	13	47	26	94	40	41	53	88
40	12	35	24	70	37	05	49	40
41	11	29	22	58	33	87	45	17
42	10	29	20	58	30	87	41	16
43	9	34	18	69	28	03	37	39
44	8	45	16	91	25	36	33	83
45	7	62	15	24	22	86	30	49

NB. La pensione annuale si paga posticipatamente di trimestre in trimestre dal giorno in cui il socio compie il 60° anno di età.

Chi muore prima o dopo l'entrata in godimento della pensione non lascia diritti a nessun compenso nè agli eredi, nè a chiunque altro.

REGOLAMENTI SPECIALI

Ciascuno degli scopi della Società dovrà essere determinato da uno speciale regolamento, che la prudenza consiglia di stabilire dopo un anno di prova, perchè devonsi con esso determinare le norme per i principali casi pratici, affine di evitare le contestazioni. E quindi solamente a titolo di esempio che ne presentiamo due: uno di malattia, ed un secondo per una lega del lavoro.

Regolamento di malattia.

1.° Appena un socio cade ammalato, se intende profittare dei soccorsi a norma dell'art. 13 dello Statuto, dovrà mandarne avviso alla sede sociale.

2.° Per computare i primi tre giorni di malattia, si comincerà a contare dal giorno in cui la Società avrà ricevuto l'avviso.

3.° Appena la Società riceve l'avviso, lo manderà al medico sociale.

4.° La Società non riconosce che l'attestato del medico sociale. Coloro che devono presentare un attestato di altro medico, secondo i casi previsti dal presente regolamento, dovranno far riconoscere tale attestato dal medico sociale.

5.° Quando un socio abita al di là di cinquanta metri di raggio dalle mura della città, dovrà dar avviso alla Società della malattia a norma del capo 2.° di questo regolamento, presentando il nome del medico curante.

Alla fine della malattia presenterà ai medici sociali l'attestato del medico che lo ha assistito.

6.° Il socio ammalato tanto in città che fuori, dovrà tosto mandare l'avviso corredato da abbondanti schiarimenti.

7.° Quando un socio desidera di essere curato dai medici sociali, deve accennarlo nell'annuncio della malattia.

8.° I medici sociali si offrono alla cura gratuita di quei socj ammalati che desiderano d'essere da loro curati.

I medici sociali non danno alcun giudizio sulle malattie dei socj che sono in cura di altri medici, perchè si limitano a constatare la malattia per conto della Società.

9.° Per il socio che cade ammalato e che non si trova in regola coi pagamenti, oltre il disposto dell'art. 12 dello statuto, il sussidio decorrerà dopo il 10.° giorno del còmputo regolare pel quarto mese, dal 20.° pel quinto e dal 30.° pel sesto.

In questi casi l'ammalato sarà visitato rigorosamente dai medici sociali.

Nel caso di malattie chirurgiche che permettono all'ammalato di camminare, dovrà il socio recarsi all'abitazione dei medici nelle ore fissate dagli stessi ed affissi nella Sede sociale.

10.° Per la stessa malattia, ancorchè vi sia stata interruzione, il sussidio sarà in ragione di tre mesi a pagamento intero e tre a metà, salvo il caso che l'intervallo superi la durata d'un anno. Si fa eccezione per le malattie chirurgiche.

11.° Un socio che si reca ad un Ospedale dovrà mandare con sollecitudine avviso alla Società della sua malattia; poi dovrà recarsi dal medico sociale, non più tardi del secondo giorno dopo l'uscita dallo stabilimento, fornito del rispettivo attestato.

12.° Quando il medico dubita che si tratti di simulazione sia della malattia, sia della sua gravità, ne darà tosto avviso alla Società, e il Consiglio di sorveglianza è tenuto a provvedere.

13.° Il Consiglio di sorveglianza è tenuto a coadjuvare energicamente l'azione de' medici sia nell'interno, sia all'esterno della città.

14.° I soci che si ammalassero lontani dalla città in cui ha sede il sodalizio, dovranno mandar avviso a questo appena cadono ammalati, e il certificato medico del luogo dove si trovano vidimato dal sindaco, appena saranno guariti.

15.° Non possono pretendere sussidi coloro che non osservassero il presente regolamento.

16.° Il presente regolamento sarà stampato in apposito fascicoletto da unirsi allo statuto dei singoli socj.

Regolamento della Lega del lavoro.

§ 1.° È costituita una Società di reciprocanza fra tutte le Associazioni delle arti..... (dire di quale arte si tratta), con centro nella SOCIETÀ di..........., e col nome di Lega del Lavoro.

§ 2.° Scopo della Lega è di appoggiare moralmente e materialmente tutti quegli operai ad essa appartenenti che si trasferiscono d'una in altra città.

§ 3.° Ogni Società che aderisce alla Lega, si obbliga di fare ciò che la Lega propone, e cioè:

a) Mettersi in corrispondenza col centro e colle altre Società;

b) Quando uno o più socj intendano di trasferirsi in altra sede, la medesima ne farà domanda alla Società nella cui città vogliono trasferirsi, rendendo avvertito il centro dell'esito ottenuto (le domande dovranno essere particolareggiate);

c) Quando riceve domanda di lavoro, s'incarica di fare tutte le pratiche possibili per poter occupare i richiedenti, ed in ogni caso darà evasione sollecita alla domanda;

d) Verificandosi il caso di ricerca d'operai in qualche sede, ne darà tosto avviso al centro;

e) Arrivando uno o più operai, la Società s'incarica di procurar loro alloggio e pensione il più economicamente possibile.

Nel caso fosse privo di mezzi, la Società glieli anticiperà, obbligandosi il socio a rifonderli colle primo quote di mercede;

f) Partendo un socio, lo munirà di una lettera firmata dalla presidenza.

§ 4.° Per sopperire alle spese di corrispondenza e per le anticipazioni, tutti i socj che aderiscono alla Lega, pagheranno cent. 25 ogni semestre.

§ 5.° La Lega avrà effetto appena sarà estesa a quattro Società.

§ 6.° In caso di scioglimento, il fondo andrà a beneficio della locale Società mutua.

§ 7.° La Lega potrà essere estesa anche fuori d'Italia.

X.

Le Società e i Circoli operai.

Fondamento della riforma economica è la riforma morale. Non v'ha alcuno che di ciò non sia persuaso e non ne veda la necessità; non v'ha alcuno del pari che non ne scorga le difficoltà somme. Nel secolo in cui crolla il tempio antico e fra le ruine non splende alcuna luce nunzia di nuova fede; in cui l'operajo, sul quale ha tanta efficacia l'esempio, crede elevarsi col farsi scimmia dell'ateo indifferentismo dei ricchi, è difficile opera insinuare i precetti della morale. Spaventato dal vedere il crollo della morale insieme a quello delle religioni, un filosofo francese, Augusto Martin (redattore dell'Annuaire philosophique) propose perfino un concorso a premio per l'autore di un catechismo in cui fossero determinati i doveri dell'uomo verso sè stesso e verso gli altri, indipendentemente da ogni dogma religioso. Ma è ben dubbio se l'impresa potrà riuscire secondo i desiderj, perchè, come lo stesso Robespierre diceva in risposta a Gaudet: «l'ateismo è aristocratico, e invece l'idea di un grand'Essere Superiore che veglia sulla innocenza oppressa, e che punisce il delitto trionfante, è una idea tutta popolare; guardiamoci dall'offendere questo istinto sacro, questo sentimento universale dei popoli.»

Ma intanto, in causa di questo scetticismo che s'estende fra gli operai, guai presentarsi colla toga del predicatore, guai entrare fra loro colla prosopopea del maestro! Tanto varrebbe volgere tutti in fuga coloro che voglionsi migliorare. Il bene dev'essere insinuato coll'esempio e col mutuo insegnamento.

Vi sono operai i quali sanno che finchè un loro compagno si ubbriacherà, la loro classe ne porterà la pena e sarà guardata con disprezzo da quelli che volontieri generalizzano il male per evitare di fare il bene; che finchè uno passerà in ozio il lunedì, dilapidando nel vagabondaggio per le osterie il salario della settimana, i principali diranno che i guadagni di tutti gli operai sono troppo lauti; che finchè vi saranno gli sciuponi, i cattivi mariti, i cattivi padri, l'umanità sarà sempre contristata dai dolori e dall'abbietta miseria. Che cosa fanno i buoni operai che son persuasi di queste verità? Si fanno i propagatori, gli apostoli di esse, ogni giorno, ogni ora, nell'officina, negli amichevoli ritrovi, fra i loro compagni.

In Inghilterra, in Isvizzera, nel Belgio, in America vi sono molti clubs o circoli operai, dove i lavoratori passano in utili letture e in gradite ricreazioni le sere delle feste evitando l'osteria e i suoi guai. Gli operai hanno fede nelle Società di Mutuo Soccorso, perchè sono unioni volontarie, perchè sono opera loro. Or bene, perchè non si fanno diventare queste Società i perni della riforma morale? Ciascun sodalizio di Mutuo Soccorso educa al risparmio, ciascuno educa alla previdenza, e dalla previdenza nascono l'economia, l'amore al lavoro, l'ordine, la sobrietà, il rispetto di sè stessi e degli altri. Ma non basta: facciamo che queste Società diventino le scuole mutue, dove nessuno sia maestro, nessuno discepolo, ma tutti eguali, e che fra pari e fra amici si discutano le questioni e si cerchi col raziocinio la verità. Una verità morale, trovata con fatica, s'imprime a caratteri indelebili nella mente dell'operajo che l'ama coll'orgoglio dello scopritore. I buoni delle classi istruite possono mescolarsi a queste riunioni, per ajutare lo svolgimento delle idee: e la loro scienza, al contatto della pratica, s'accorgerà essa pure di quante modificazioni abbisogni.

Entriamo in uno di questi circoli. È il Cercle ouvrier di Vevey.

43

Ecco due ampie sale che al bisogno possono riunirsi. Una di esse è destinata alle conferenze ed alle accademie di canto corale: l'altra è la sala di conversazione. Quivi si trovano alcuni giuochi: bigliardo, scacchi, domino: proibite le carte. Un'altra sala contiene la biblioteca: quivi si legge, si scrive, si fuma: vi sono giornali politici, giornali illustrati, giornali professionali. I socj possono condurvi le mogli e i figli: e quivi possono bere vini, thè, caffè, ecc.; solamente sono vietati i liquori, e la quantità delle bibite per ciascuno è limitata dal regolamento.

È d'uopo persuaderci che nessuno va all'osteria col proposito di ubbriacarsi: si passa la soglia spintovi da un amico o dal desiderio di svagarsi alquanto in compagnia: poi un bicchiere tira l'altro: ma ora una scommessa, ora il desiderio di ricambiare una gentilezza avuta, cambia il quinto in litro: i danari si sprecano, la testa va gironi, e si è ubbriachi prima di accorgersene. Ebbene, gli amici, i compagni di lavoro sono al circolo: quivi si conduce alla festa anche la famiglia: e il circolo non vuota le tasche e non ubbriaca.

Circoli siffatti sono i migliori rimedj contro la diffusione dell'alcoolismo, che da qualche tempo preoccupa seriamente i nostri medici ed economisti. Il dottor Castiglioni trovò che l'abuso degli alcoolici è una delle cause principali della pazzia nella provincia di Milano: e lo stesso lamento fece il De Renzi per Napoli. Secondo i calcoli del senator Verga, nei vari manicomi d'Italia sarebbono rinchiuse 207 persone (188 maschi, 19 femmine) per frenosi alcoolica . Il dottor Monti espone calcoli ancor più gravi. I pazzi per alcoolismo, rinchiusi nei manicomi sarebbero:

A Venezia il 10%

Ad Ascoli il 12%

A Pesaro il 15%

A Trieste il 15%

A Torino il 22%

A Bologna il 25%

L'ospedale di Milano accoglie 183 persone in media all'anno fra i deliranti alcoolici.

L'ubbriachezza, oltre ad essere l'assassina del lavoro e del risparmio, la motrice di tanti delitti, è anche la causa del deperimento della razza: per via di eredità nelle progenie dei bevitori si perpetua l'imbecillità e l'idiotismo .

Noi ci siamo studiati di proporre i mezzi atti a migliorare la condizione economica dell'operajo: e il dott. Baer di Berlino ci grida che il solo miglioramento materiale non basta, perchè si è visto in Inghilterra coll'aumento dei salari aumentare pure il consumo delle bevande alcooliche. Certamente non basta il miglioramento materiale isolato; ma bisogna pur aggiungere che non si potrà distruggere l'uso delle bevande spiritose se non aumentando i salari. Il senatore Moleschott chiamò l'alcool una gran cassa di risparmio per l'organismo, perchè lascia sentir meno il bisogno del nutrimento. Ma questo vantaggio, se può chiamarsi tale, lo si paga a ben caro prezzo, perchè lascia il lavoratore estenuato e istupidito. Se daremo all'operajo i mezzi di nutrirsi con cibi più sani e più abbondanti, e di conserva faremo progredire l'educazione morale, noi potremo combattere, con speranza di vittoria, l'uso degli alcool puri e l'abuso del vino.

Le leggi repressive che una Società torinese voleva invocare dal Parlamento, sono insufficienti per riuscire allo scopo: unici mezzi sono la persuasione e l'educazione.

E a questo proposito vogliamo riferire un esempio che può essere sprone al ben fare:

In Baltimora nel 1844 viveva un buon operajo chiamato Johnson Dich il quale sapeva leggere e scrivere, amava il bene sinceramente e si affliggeva nel vedere i suoi compagni avviati sulla strada del male. Egli li vedeva al lunedì stanchi del riposo della domenica, ed entrare al martedì nell'officina scialbi, arruffati e senza un soldo in tasca. La domenica aveva ingojato i loro guadagni e la loro dignità. Un bel dì invita que' suoi amici a recarsi in casa sua, annunziando loro ch'egli avrebbe dato del vino, della birra e dei liquori a miglior prezzo che nelle botteghe, ed avrebbe raccontato delle storielle piacevoli. Alcuni operai, i più burloni della compagnia, accettarono l'invito, proponendosi di ridere alle spalle del buon Johnson. Ma questi, serio serio li accoglie, comincia a narrare loro la storia dell'indipendenza americana, e a metà racconto li fa servire di buona birra. Alla seconda domenica gli operai crescono di numero, ascoltano di più, bevono di meno; e Dich, incoraggiato del successo ottenuto, continua instancabile nel suo apostolato. Gli uditori aumentano ogni settimana; ciascuno si fa un vanto di circondarsi della propria famiglia: e a poco a poco, non potendo capir tutti nella casetta dell'operajo, pensarono di raccogliersi in un cortile. A Dich succedettero, poco per volta, altri oratori: alcuni dotti si frammischiarono a quella turba rigenerata, la quale trovavasi tanto bene insieme, che risolse di costituirsi in società. Così in meno di un anno sorgeva la così detta Società operaia di temperanza con buoni statuti, con premi, con concorsi. Dopo qualche tempo la Società diventa anche mutua; poi fonda scuole, un ospedale, uno stabilimento cooperativo; e nel 1865 quando il buon vecchio Dich venne a morte, la Società contava 11,000 socj, galantuomini e laboriosi operai che sono l'onore e l'orgoglio degli Stati Uniti d'America.

Tale fu l'origine di una Società di temperanza, società che divenne prospera, perchè stette lontana dalle esagerazioni colle quali altre Società, pure di temperanza, hanno suscitato reazioni e disordini negli stessi Stati Americani.

Noi siamo persuasi che le Società di temperanza, coll'escludere affatto le bevande spiritose giovano a dimostrare che l'alcool non soddisfa ad alcun bisogno dell'organismo umano; ma abbiamo pure la convinzione che i circoli operai in Italia, se vogliono fiorire e fare una seria concorrenza alla bettola, è giuocoforza che facciano moderate concessioni alle abitudini, diventate col tempo altrettanti bisogni, e vendere, sempre in proporzione limitata, il vino e la birra, come faceva il buon Dich .

Questi circoli saranno gli alleati delle Banche del popolo; e se l'esperimento che invochiamo, riescisse, quanti milioni, allontanati dalle cantine, potrebbero formare i capitali dei poveri! Le Società di mutuo soccorso, lo ripetiamo, dovrebbero in ciascuna città mettersi assieme per fondare siffatti circoli: esse solo lo possono fare colla speranza di prospero successo, perchè hanno già preparata l'ossatura della istituzione non ancor nata. Anzi il dottor Nicolle esclamava (De l'abus des alcooliques): «Le Società di mutuo soccorso sono destinate a diventare le vere Società di temperanza, perchè colui che consente a prelevare un'imposta volontaria sopra il suo salario quotidiano per riparare alle eventualità delle malattie e della vecchiezza, non sarà mai un ubbriacone; così non sarà mai troppo ripetere queste raccomandazioni e fare un'attiva propaganda, giacchè ogni nuova recluta che esse faranno, sarà una vittima sottratta alle orgie della cantina .»

CONCLUSIONE

Le Società di mutuo soccorso sono una diga contro la miseria – sono un elemento d'unione – contribuiscono a fare l'educazione civile del popolo.

Sono una diga contro la miseria, perchè provvedono ai bisogni più urgenti della famiglia operaja, e impediscono che la momentanea malattia diventi una rovina: inoltre abituano il povero a quella previdenza che è conciliabile colla sua ristretta condizione.

Sono un elemento d'unione, perchè fanno, nel seno del popolo, l'ufficio degli alberi piantati sugli argini sabbiosi: prima il vento sollevava e sperdeva l'arena: dopo la piantagione l'argine si fa stabile e forte. Le Società di mutuo soccorso consolidano le esistenze, le aggruppano, le uniscono strettamente le une alle altre, cacciano le profonde radici nel suolo, e ben presto grandi e piccoli vanno a sedersi all'ombra dei loro rami. Esse organizzano le forze, creano la vita. Intorno a loro possono formarsi molte istituzioni sia cooperative, sia educative, le casse di pensione, i tribunali arbitrali dell'industria, e in un grande stabilimento possono servire di legame fra principale ed operajo, e diventare il punto d'appoggio d'ogni miglioramento.

Infine, la Società di mutuo soccorso è una preparazione dell'operajo alla vita civile, è una scuola pratica di libertà. Che è la Società, se non un piccolo Stato in uno molto più grande, ma nel quale vi sono doveri e diritti pressochè identici?

Noi abbiamo bisogno di imparare a confidare nelle nostre forze, e di cercare da noi il nostro benessere, invece di aspettarlo unicamente dallo Stato, giusta l'antica abitudine ereditata dalla servitù. Quali miracoli non ci mostrarono l'Inghilterra e l'America, dovuti solo alla libera energia delle private associazioni?

La Società operaja sostituisce al concetto erroneo della provvidenza, che fomenta l'infingardaggine, quello della previdenza, ch'è madre d'ogni operosità. Il credente nella provvidenza non muove passo, persuaso che non gli sia mai per mancare quanto è necessario alla vita, allo stesso modo che non manca l'agnello di lana nell'inverno e l'uccello di grano turco; e una specie di fatalismo lo farà stare colle mani in mano aspettando rassegnato il bene e il male. Ma se nell'anno dell'abbondanza non prevede quello della carestia, nessun esempio di agnello o di pennuto potrà fornirgli il pane che non abbia pensato a provvedersi colla sua industria. E la Società di mutuo soccorso è l'unione di tutte le piccole industrie e di tutte le piccole forze, per creare, mercè la previdenza, una industria e una forza grandissime.

Queste unioni fraterne non cambieranno dalla sera alla mattina l'ordinamento sociale, non aboliranno in un giorno tutte le ingiustizie, non ripareranno a tutti gli abusi. Credere ciò sarebbe assurdo. Però queste Società conducono, con passo sicuro, tutti quanti lavorano e che si uniscono in esse, verso l'emancipazione più vera: quella che si ottiene col lavoro, coll'istruzione e coll'esercizio delle virtù.

C. Romussi.